「……見せたいものがあるの。
見ておいて欲しいものがあるの
When She
Wish upon
a Planet

「――絶対に、正しい……はずなんだ……」

日和ちゃんのお願いは絶対3
When She Wish upon a Planet
岬鷺宮
堀泉インコ

プロローグ

「日和《ひより》は——〈天命評議会《てんめいひょうぎかい》〉を抜けます」

俺の声が評議会の支部、用意された質素な会議室に短く響いた。

「もう、評議会のために……世界のために『お願い』なんて使わせません」

——目の前にいる牧尾《まきお》さん、安堂《あんどう》さん。その他沢山の、日和が集めてくれた評議会スタッフ達。スーツを着ていたり私服を着ていたり、年齢も性別もバラバラな人だかり。これまで見えなかった、初めて目《ま》の当《あ》たりにした『彼ら』の顔。

張り詰めた空気は息もできないほどで、辺りは不穏に静まりかえっていて、手の平はいつの間にか汗まみれで——。

俺は無理矢理唾《つば》を飲み込むと、隣の彼女を振り返った。

——葉群《はむれ》日和。

真っ青な顔で、うつむいている俺の彼女。

〈天命評議会〉の創始者であり。これまでその組織を率いてきた国際的重要人物。

俺の視線に気付いたのか、彼女は顔を上げ力なくほほえんでみせる。

そして、恐る恐る視線を正面に向け、

「……ごめんなさい」

唇をわななかせ、けれど気丈に言葉を続けた。

「彼の、言う通りです。もう、できません……。評議会を、辞めさせてください……」

そこでようやく──会議室にどよめきが走った。

評議会スタッフ達に、あからさまに見え始める動揺。

日和はもう一度息を吸い込むと、

「普通の女子高生に、戻らせてください……。身勝手でごめんね。でも……そう決めました」

──どよめきが、一層大きくなる。

彼らの声は、はっきりとこちらにも届いて、

「……嘘《うそ》だろ？」

「……進んでる事案、どうするんだよ……」

「用意してたレクは……？　エスカレも……」

「冗談じゃ……なくて……？」

隠しようもない困惑、混乱、動揺。あまりにも、『素人臭《しろうとくさ》い』反応。

ニュースで垣間見《かいまみ》る〈天命評議会〉は、間違いなくカリスマ集団だった。世界に大きな影響を与える精鋭揃《ぞろ》いのグループ。なのに、目の前にいる彼らは本当にただの「一般人」だ。そのあっけなさに、肩透《かたす》かしにあったような気分になる。

結局、ただのアマチュア集団だったのだ。寄せ集めのグループでしかなかったのだ。

この組織はあくまで日和のためのもので、彼女の『お願い』をサポートするためのものだった。そのすべてが日和の能力に頼りきりで、彼女がいなくなれば、この人たちは烏合《うごう》の衆でし

かない。実感したそんな事実に、俺は内心憤《いきどお》りを覚える。

同時に、とんでもない罪を犯している気にもなった。俺は今、目の前の『普通の人々』の命綱を断ち切ろうとしている。彼らの唯一の武器を奪い去ろうとしている。彼らの側からすれば、それは悪夢でしかない。

当然、激しい反発が起こる。

「――〈評議会〉は、どうなるんですか⁉」

スタッフの中から、パニック気味の叫び声が上がった。

「あなたがいなくなって、組織はどうなるんですか⁉　これから、どうやって……」

それは、そこにいる全員の疑問だったのだろう。もう一度、日和に視線が集中する。

彼女は短く黙ってから、

「……今後は……残る皆さんに、お任せします」

消え入りそうな声で、そう答えた。

「皆さんの意思で、どのようにするか判断してください……。以降の評議会の決定については、わたしは一切口を挟《はさ》みません……」

はっきりとした、決別の意思だった。

自分は評議会に関わらない。責任を背負わせることもなければ自分が負うこともない。関係を完全に断ち切るという、日和の意思表示。

それがきっかけとなって、堰《せき》を切ったように感情の爆発が起きる。

「……ふざけるな！　今さらそんな——」

——若い男性がこちらに駆け出そうとして、そばにいたスタッフ数名に取り押さえられる。

「……どうしよう……[redacted]の件も……[redacted]だって……どうすれば……」

——気弱そうな青年が、恐慌《きょうこう》状態で繰り返す。

「……わああァッ……！」

——子供みたいな声を上げて、誰かがその場に泣き崩れる。

会議室内の空気が——目に見えるほど揺れている。

動揺が、パニックが、あっという間に周囲に感染していく。

……まずいかもしれない。じっとりとした汗が背中に滲《にじ》んだ。

これはもう暴動寸前だ。一線を踏み越えてしまえば、どうなるかわからない。

日和や俺に暴力が向けられるかも。あるいは、もっと酷《ひど》いことだって——。

こうなったら……と、俺は唇を噛《か》んだ。

——『お願い』で鎮圧せざるをえない。

日和がもう使いたくないと願ったはずの『お願い』の力で、場を収めるしかない。

一応想定だけはしていた。実力行使で場を切り抜ける可能性。最悪の場合、丸腰の俺達は結局それに頼ることになってしまう。

できればそんなことしたくなかった。彼女に、彼女自身の知人を押さえ付けさせたりなんてしたくなかった。

焼け付きそうな抵抗感。歯をグッと食いしばるけれど、漏れてしまう小さな声。

「クッ……！」

それでも——間違ったことは、していないはずだ。

言い訳みたいに、頭の中で自分にそう言い聞かせる。

俺は日和を救いたい。もう苦しい思いをして欲しくないんだ——。

思い出すのは、ここしばらくの日和のこと。徐々に消耗し、憔悴《しょうすい》し、精神的な限界を迎えていた日和。そして、彼女の犯した罪。ひと月ほど前に、彼女が外国のとある街でした『お願い』——。

それを思えば、これ以上日和に何かを背負わせることなんてできなくて。

これ以上、彼女の気持ちを傷付けることなんてできなくて。

だからこうすることは、日和を評議会から連れ出すことは——、

「——絶対に、正しい……はずなんだ……」

第1話　未来

——尾道《おのみち》を襲った豪雨と、突然の土砂崩《どしゃくず》れ。

穏やかだった町を一変させたその大災害から——数週間。

天候の回復や被害状況の確認、学校、公共施設の再開などを経て——尾道《おのみち》の町は、ようやく一時期の恐慌《きょうこう》状態を脱したみたいだった。

家を失った人は避難所での生活を、そうでない人々は土砂崩れの残骸《ざんがい》が残る街での生活を受け入れ始め、歪《いびつ》ながらも「日常」と呼べるものが戻ってきたらしい。

個人間での物々交換も、ずいぶんと盛んに行われるようになったみたいだ。食料は比較的手に入れやすい土地だから、餓死者が続発なんてことにもならないだろう。そんな予測に、わたしはひとまずほっとしていた。

だから——わたしは自分のすべきことをしなきゃ。

尾道《おのみち》から遠く離れたこの街で、一つ大仕事をしなきゃいけない。

[redacted]北西部の都市、[redacted]市庁舎前で。

わたしは、評議会所有のバンの後部座席に座っていた。

防弾の窓ガラスごしに、近代的な市庁舎をちらりと見やる。こぢんまりしているけれどテクノロジー系企業の本社があって、気候も穏やかで移民にも比較的寛容で、活気のあったこの街。

ここに来るのは……何度目だろう。

かつて、ウイルスの流行が始まった頃、評議会の先導で大規模なロックダウンを行ったのがここだった。

結果——見事感染者の増加を食い止めることに成功。

世界でもウイルス対策のモデル地域としてもてはやされることになり、市民達からの評議会の評判も上々で……わたしとしても良《い》い思い出の多い場所だ。学校のホームルームで、先生から「この街を参考にして感染防止をしていこう」と映像を見せられたときには、鼻が高かった。

けれど——今回は。今わたしがここにいるのは、これまでのどの訪問とも事情が違う。

とある、重たい決断を迫られてのことだった。

「ねーねー、早くしようよー」

志保《しほ》ちゃんがそう言うのは、もう何度目になるだろう。

わたしの斜め前、助手席にダルそうに座っている志保ちゃん。

声にはあからさまに呆《あき》れのニュアンスが含まれていて、わたしは一層追い詰められた気持ちになる。

「選択肢なんてないでしょー。ほっといたら三ヶ月で億単位死ぬんだよー」

志保ちゃんの言う通りだ。選択肢なんて一つしかない。

けれど——、

「……っ……！」

手が冗談みたいに震えていた。

上手《うま》く呼吸ができなくて意識がぼんやりする。全身に悪寒《おかん》がして、脂汗で髪が顔にへばりついて、わたしは志保ちゃんに言葉を返すことさえできない……。

——この町で異変が観測されたのは、一ヶ月ほど前のことだった。

収まっていたはずのウイルスの新規感染が、突如として増え始めた。

さらに——重傷化率、致死率まで異常に高い。

至急行われた検査の結果、犠牲者が強毒化したウイルスに感染していたことが確認された。

遺伝子変異が起きて、それまでより感染力、人体への影響力ともに強まったウイルスの感染が——。

それ自体は、予想されていたことだった。

ウイルスは変異するものだし、強毒化だって想定の範囲内だ。

けれど——、

「そもそも……こうなったのも全部、わたし達のせいっぽいんだしさー」

言って、志保ちゃんは目を細める。

「明らかにこれ、わたし達への攻撃だもん。なら、なんとかしなくちゃ」

——今回のウイルスの変異には、明らかに不自然な点が認められた。

自然に発生した変異の他、人の手によってスパイクの遺伝情報が書き換えられた形跡があったのだ。別のウイルスに特徴的な形状が、移し替えられたような形跡が。

つまり、今回の強毒化ウイルス禍《か》は偶然じゃない。人為的に引き起こされている——。

同じような陰謀論は、世間にいくらでも蔓延《はびこ》っている。広めているのはアノニイクスだったり日本のスピリチュアルな団体だったり、カルト教団だったり様々だ。商業目的でそんなことをしている輩《やから》もいるらしい。ネットが途切れがちな今専門家の反論も届けにくくて、荒唐無稽《こうとうむけい》な説は根強く広がり続けている。

一度評議会で、流言を入念に調査してみたことがある。結果、その発端は何の変哲もない一般人の、勘ぐり混じりの雑談だった。今やすべての人が、世界に間違った情報を拡散できる状況にある。

そして偶然か必然か、いかにも『陰謀論』チックな攻撃がこの街に仕掛けられた。

妄想でも何でもない、現実の出来事として、だ。

……意図は、一つしかありえない。

〈天命《てんめい》評議《ひょうぎ》会《かい》〉への反撃だ。

[redacted]内戦や[redacted]の解体を契機に、評議会と敵対する組織は増え続けている。

彼らはわたし達を攻撃し、立場を追いやり、壊滅させる機会を虎視眈々《こしたんたん》と窺《うかが》っているわけで。

今回もそのうちのどれかが、わたし達の成果を台無しにするために攻撃を仕掛けた。それが今のところの、評議会内で有力とされている仮説だった。

だから——我々が関わったせいで、この街の住人は多大な犠牲を強《し》いられている。命を落とし、苦痛に喘《あえ》ぎ、後遺症に悩まされている。

そして、その対処として我々が計画したのが――、

「――ほらやっちゃおー。前と同じことじゃーん」

志保ちゃんは、言葉を重ねる。

「ただこの街に残る十二万人の人に、一歩も街から出ないでって、伝えるだけなんだからー」

志保ちゃんの言う通り、再度の強力なロックダウンの『お願い』だ。

そう――見殺しだ。

強毒化ウイルスの猛威が終わるまで。感染した人が、ウイルスともども死に絶えてしまうまで――この街を完全に封鎖する。

それが、評議会の下した決断で――。

わたしは今、十二万人の命を奪おうとしている。

「……っ……！」

改めて認識したその事実に、心臓が弾《はじ》けそうに高鳴る。

命が潰《つい》えるところは、何度も見てきたはずだった。自分の『お願い』によって人を死に追いやったこともあれば、わたし自身が殺されそうになったことだって何度もある。

けれど――十二万人。

十二万の人生と、その生活。

十二万の、愛おしい、かけがえのないストーリー。

その、息の根を止める。

……そんなの、わたしは抱えきれない。そんなこと、絶対にできない。

頭の中で一斉に思考が渦を巻く。無数のわたしが、わたしの中で主張を始める。

何を躊躇《ためら》っているんだ。ここで何もしなければもっと死ぬ。それだって結局、わたしが殺したのと同じことになるじゃないか。だから今、ここで殺すべきだ。そんなの無理だ。命なんて奪いたくない。怖い、嫌だ。本当に？　本当に怖いの？　嫌なの？　まだ自分がまともだと思いたいの？　本当は何にも感じないんでしょう？　ちがう本当に怖い。もう嫌だ。なんでこんなことしなきゃいけないの本当はもっとできることがあるんじゃないの？　他の人ができることがあるんじゃないのそんなものない専門家と何度もシミュレーションをしたでしょう世界を救う方法はこれしかないでもだとしても十二万人の命を奪うなんて罪のない人を死に――、

「……あのさ、子供はちゃんと退避させたじゃん」

薄ら笑いを浮かべて、ふいに志保ちゃんが言う。

「近くの医療機関総動員してさ、若い順に全員検査して病床用意して……だからもういいじゃん。さっさとお願い――」

「――牧尾《まきお》さん！」

咎《とが》める声が上がった。わたしの隣に座っている、壮年の男性の声。

一撃で、わたしの中の思考が静まりかえる。この人が声を荒げるなんて……めったにあることじゃない。

声の主は──安堂《あんどう》さんは。厳しい声色で志保ちゃんに続ける。

「日和さんの気持ちを考えてください！　多数の人の命を左右する場面なんです、躊躇《ためら》って当然ではないですか！　我々がかけるべき言葉は、そんな無遠慮なものでは──」

「──気持ち？」

そう繰り返して。

志保ちゃんは真後ろの安堂さんに顔を向けると、グッとこちらに身を乗り出し──あざけるような笑みを浮かべる。

「ねえ……この子はそんなもん配慮されて、被害が拡大するのを喜ぶの？　自分の判断が遅れて、億単位の人が死ぬのを喜ぶの？」

「……それは──」

「違うよねえ⁉」

──鋭い声。

「知ってるよねえ⁉　あんただって、それくらいのことわかってるよねえ⁉」

暴力的な問い詰めに、安堂さんが苦虫を噛み潰《つぶ》した顔になる。

そして一転、志保ちゃんは低い声で、

「……あんたそれ、楽になりたいだけでしょ」

背筋を撫《な》でるような声で、安堂さんに続ける。

「大人として理想っぽいこと言って、自分は良いことをしているって思いたいだけでしょ。そういうのさ、邪魔だからちょっと黙ってて」

――車内に沈黙が降りる。

呼吸をするのもはばかられる、真空に近い無音。

同乗しているスタッフ達の、心音さえも聞こえてしまいそうな気がした。

「……ほらほら、日和ちゃ～ん！」

志保ちゃんが、猫撫で声《ごえ》で説得を続ける。

「『お願い』しちゃお？　それが一番、この世のすべての人にとっていいことなんだってー。終わったらさ、また甘いものとか一緒に食べようよー」

「……どうして」

安堂さんが、つぶやくように言う。

「どうして……他人の感情を理解してあげられないんですか……」

反論されるのを覚悟しているんだろう。

言いながらも、安堂さんは鋭い返答に身構えるような表情だ。

それでも、返ってきたのは――、

「……理解？」

——酷《ひど》く、冷静な声だった。

それまでのどこか演技がかったしゃべりが嘘《うそ》だったみたいな、志保ちゃんの——素の声色。

「安堂さん、それは違うよ」

淡々と、彼女は続ける。

「違うの。わたしが一番わかってる。誰よりも、あなたよりも、彼氏よりも、わたしが一番この子のことをわかってる。考えてる」

志保ちゃんはこちらを向くと、

「これはこの子に必要な言葉なんだよ。この子が必要としてる言葉なんだよ。むしろ、都合よくしすぎたかもしれない。やりすぎたかもしれないくらい」

それは、その通りなのかもしれないと思う。

志保ちゃんは、きっとわたしの気持ちや考えを、きちんと見抜いている。その上で、こんな態度を選択している。

そしてわたしも知っているのだ。志保ちゃんが、わたしにこんなことを言う意味を。彼女が〈天命評議会〉に入ったわけを——。

入会のときに、『お願い』で洗いざらい吐いてもらった。それが、新メンバーを評議会に迎えるときの、欠かせないルールだから。つまり、わたし達はもう、お互いの手の内を全部さらけ出し合っている。その上で、志保ちゃんがわたしに向ける言葉には……きっと、他の人には込めることのできない意図が宿っているのだと思う。

——大きく息を吸って、吐き出した。

志保ちゃんの言う通りだ、これ以上迷っているわけにもいかない。

酸欠気味なのか、目の前を火花がちらちらと舞っている。

小さな頃見た花火大会みたいな、望遠鏡で見る銀河みたいな綺麗《きれい》な模様。白や赤や橙《だいだい》や青の、不規則に揺れる粒子。

その景色に——わたしは、ふと思い出す。

〈天命評議会〉を始めてしばらく経《た》った頃のこと。わたしが偶然出会った『とある女の子』。

あの子が好きだった星空。

……ああ、そうだ。

こんな風になったのは。わたしが、力を世の中のために使おうと思ったのは。

——こんな星空がきっかけだった。

「……やります」

周囲にそう宣言して、深呼吸した。

あれから『お願い』の力は日々強まっている。今や、言葉に出さなくても人々に願いを遵《じゅん》守《しゅ》させられるし、本気を出せばその規模は半径数キロメートルにも及ぶ。

だからわたしは――フル出力で、街の人々に願う。

……本当にごめんなさい。

許してくれなくて構いません。できることなら、呪《のろ》い殺してくれても構いません。それでも、どうしてもやりたいことがあるんです。最後まで曲げたくない意志があるんです。

呼吸を止めて目を閉じ――わたしは願う。

『――この街から、一歩たりとも出ないでください』

……願いを終え、ゆっくりと目を開ける。

席に腰掛けたまま、ぼんやり窓の外を見ている志保ちゃん。

自分の失敗を悔いるような表情の安堂さん。

そして、防弾ガラスの向こうにある――さっきまでと変わらない街並み。

きっと明日からも、人々は配送された食料を食べ、ネットで情報を収集し、隔離生活を慰めるように家族と団らんするんだろう。わたし達が策定した感染抑止のためのライフスタイルで、愛おしい毎日を過ごそうとする。その先に、確実な死が待っているとも知らずに。

見た目はまったくそれまで通りなのに、死へのカウントダウンが始まった景色。

わたしが変えてしまった。わたしがこの街を、その歴史と、そこで続いていた営みを、絶滅させてしまう――。

「……じゃあ、行こうか―」

「はい……」

志保ちゃんの声に、運転手がうなずく。

バンが滑るようにして、アスファルトの上を走り出す。

わたしは決して忘れないように、窓の外の景色を強く脳裏に焼き付けていく。

＊

――窓の外に、ブルーシートの青が目立っていた。

冬の日の朝。いつものように卜部《うらべ》との登校を終え教室へ向かう途中、俺は廊下の窓から見える景色が、以前と大きく様変わりしているのを改めて実感する。

坂の街、尾道《おのみち》。瀬戸内海《せとないかい》の群青《ぐんじょう》と茂った木々の濃い緑、建物の重厚な黒に彩《いろど》られていたこの街。世界に混乱が広がる前には観光地として賑《にぎ》わっていたし、俺も校舎から眺める景色が好きだった。

けれど――もはやその情緒は失われてしまった。

先日の豪雨をきっかけに発生した土砂崩れ。明治以降では初めて、という大規模なその災害で、街はすっかり変わってしまった。広い範囲が現在も立ち入り禁止。その周囲の建物も、破損箇所を覆うようにして青いシートがかぶせられている。

その殺風景な色合いは、地図帳か何かで見たスラム街だとか、大震災のあとの被災地域の景色を思わせて、ああ、この街は大きな傷を負ったのだと俺は体感的に思い知る。

変わったのは景色だけではなくて、

「——学校来るヤツ、大分減ったな……」

教室の扉を開けたところで、俺は思わずそうつぶやいた。

「もうこれ、三分の一くらい欠席になるんじゃね……？」

「……だね」

隣の卜部も、わずかに沈んだ表情でうなずく。

「みんな大変だろうからね。みこちも真理亜《まりあ》も、結局あれから戻ってくる気配ないし……」

ずいぶんと、空席が目立つのだ。

現在、始業数分ほど前。以前であれば、この時間はすでにほとんどの席が埋まっていた。

なのに——目の前の教室は見るからに人がまばらだ。

この分だと、始業時間になってもかなりの数の席が空いたままになりそうだ……。

土砂崩れは、少なくない生徒の家を押し流していった。死者こそ数人に収まったものの彼らの多くは避難所生活となり、市の体育館やホテルの部屋、親戚の家に移り住むことを余儀なくされた。

残骸の片付けだって、線路周りを除いてほとんど進んでいない。世界的な混乱や物資不足もあって、まずは生活を立て直すので精一杯。がれきが転がったままの被災地域は、二次災害も予想されることから今も非常線が張られ立ち入り禁止になっている。

結果として——登校する生徒はじわじわと減っていき。気付けば、全四十人のクラスのうち、十数名が日常的に欠席する状態になっている。

「おはよう、大橋《おおはし》、橋本《はしもと》」

「おお、おはよう！」

「やあ、頃橋《ころはし》は今日も時間ギリギリだねー」

いつものように友人二人の元へ向かうと、彼らは俺を笑顔で迎えてくれる。

「おう。卜部がなかなか家から出てこなくて。……つーかさ」

苦笑をしながら、俺は着てきた冬服の学ランを脱ぎ、

「なんかすげえ暑くないか？　上着きついんだけど」

「いや、マジ暑いわ。俺もはやそれ鞄《かばん》にしまいっぱなしだもん」

「どうなってるんだろうね。もう、十二月なのに……」

——夏みたいな日が続いていた。

比較的温暖な地域にあるこの街だ。これまでも、真冬に比較的暖かい日があっても「そんなもんか」みたいな反応だったけれど……今回ばかりは、ちょっと次元が違う。季節はすでに冬本番だというのに、気温は三十度近く。これはもう、異常気象と言ってしまってもいい事態なのだと思う。

「……まあ、異常に寒いとかよりはマシだけどな」

大橋は、言って唇を尖《とが》らせる。

「どっちかっていうと夏の方が好きだし、うっかり雪とか降ったりしたら、マジで動けなくなりそうだし……避難所の人達だって、暖かい方がいいだろうしな」

「でも、原因がよくわからないのは怖いよ。ネットもテレビも繋《つな》がらないから、情報も全然入ってこないわけで……」

橋本の言う通り。ちょうど土砂崩れがあった頃を境にして、ネットは以前にも増して重くなっていた。

サイトによって応答があったりなかったり。ようやく表示されても、びっくりするくらい古い情報で更新が止まっていたり。そもそも、回線が繋がらないことも多くて、当然ネットゲームなんかろくにできる状態じゃなくて……。情報収集と卜部とのゲーム対戦が趣味だった俺は、仕方なく本を読んだりして時間を潰すことが多くなってる。

……まあ、ラインなんかのSNSは比較的無事に動いているから、それだけは不幸中の幸いなんだけど。友達とはメッセージ送り合ったり通話したりできるしな。

　それでも、これまで当たり前だと思っていた毎日が変わっていくのには。永久に変わらないと思っていたものが次々と崩れ去っていく現状には、どうしても底知れない不安を感じてしまうのだった。

　そして、そんなタイミングで、

「……お、日和だ」

　教室に彼女が。俺の恋人である日和が、登校してくる。

　短めの茶色い髪と、青みを帯びて透き通る瞳。白い頰《ほお》と、細いのに柔らかそうに見える手足——。

　付き合い始めてしばらく経つけれど。もうずいぶんと見慣れてきたはずだけれど。さらに言えば——彼女の抱えているものや、裏の顔すら知っているけれど。今でも俺は、半ば不可抗力みたいに彼女をかわいらしいと感じてしまう。様々に積み上がって来た彼女への感情の奥に、シンプルな好意をはっきりと自覚する。

「おはよう、今日も暑いな」

　大橋、橋本と腰掛けている教室の片隅から、俺は彼女にそう声をかける。

「つーか一分遅刻だぞ。珍しいな、日和が遅れるなんて」

　……けれど、

「……日和？」

呼びかけにも答えず。固い表情で自分の席につく日和。

彼女は机に鞄を置き、そのままぼーっとしている……。

「……どうしたんだろ？　葉群《はむれ》さん」

「なんか、体調でも悪いのかな？」

「ちょっと、様子見てくるわ」

そこはかとなく不穏なものを感じた。また何かあったのだろうか。〈天命評議会〉の活動で、何かダメージを受けるようなことがあったのだろうか。

「おはよう、日和。……日和？　おーい……」

近づきながら声をかける。まだ気付かない。

「日和？　日和ー？　なあ……大丈夫か？」

そして、彼女の前の椅子に腰掛けたところで、

「……あ、あっ！　お、おはよう……深春《みはる》くん」

ようやく気が付いたらしい。日和はビクリと身体《からだ》を震わせ、視線をこちらに向けた。

「ご、ごめん、ちょっとぼんやりしてて……。少し疲れてるのもあって、気付けなかった……」

「おう、そうか。大丈夫……なのかよ？」

よくよく見れば、顔色も悪いし笑顔もぎこちない。

やっぱり、何か相当ストレスがかかっているんじゃないか。

「仕事、大変なのか？　最近情報も全然入ってこないし、何してるのかもよくわかってないんだけど……」

「あ、ああ、はは……そうだね」

日和はうなずいて、一目でそうとわかる作り笑いをした。

「結構沢山、やることがあって、大変で……」

「そっか。あの、何でも相談してくれよ？　そりゃ、直接的には力にはなれないだろうけど、話聞くくらいはできると思うから」

俺にできることは、それくらいだ。

知力も権力も財力も決して持っていない俺だけど、日和に向かい合うことくらいはできる。

けれど、
それで彼女が少しでも元気になれるなら、是非、頼って欲しいと思う。

「ああ、ううん、大丈夫だよ……」

力なく笑って、日和は首を振る。

「ちょっと今日は、元気が出ないだけだから……。もう少ししたら、元に戻ると思う」

「……そうか？」

「うん、だからありがとうね、心配してくれて……」

「いやいや、お安い御用だよ」

まあ……それくらいの感じなら、今はまだ様子を見ておこうか。

変に首を突っ込んでも日和を困らせるかもしれないし、見た感じ、確かにそこまで追い詰められているわけでもないように見える。今のところは、気にしすぎないでおこう。

「──よーし、ホームルームやるぞー」

担任が、がさつな口調で言いながら教室にやってきた。

それまで雑談に勤《いそ》しんでいたクラスメイト達が、めいめい自分の席へ戻っていく。

俺も日和の隣の机、いつもの自分の席に戻ると、

「……欠席者、増えたなあ」

壇上で、そんな風にこぼす担任の顔を見上げた。

「事情で学校に来られないヤツもいると思うから、もしできるようだったら近所のヤツにプリントとか届けに行ってやってもらえると助かる。じゃあ日直、挨拶《あいさつ》頼むわ」

そのセリフを合図にして、日常が始まる。表面的には以前と変わりのない生活が、くるくると回り始める。

無抵抗でそれに巻き込まれながら、俺は自分の中のぼんやりした不安が薄らぐのを感じた。

その輪の中にいれば、それ以上苦しまなければいけないことなんて起きないような気がした。

『当たり前』が、俺や俺達から、不幸を遠ざけてくれる――。

けれど、そのしばらくあと。

俺は、この日の自分があまりに状況を甘く見ていたことを、思い知ることになる。

＊

数日《すうじつ》経った朝。

いつものように卜部と並んで学校へ向かいながら、俺達はダラダラとゲームについて話していた。

「もうこうなったら、わたし達で友達集めて大会開くしかなくない？」

「ああ、まあいいけど……みんな集まれるかな？　忙しそうじゃね？」

「確かに。じゃあもう、クラスみんな誘ってみて、来れる人全員呼ぶとかでどうよ？」

「おお、すげえ力技だな……」

どうしても対人戦がしたいけれど、ネットはもはや繋がらない。こうなったら、リアルに人を集めて対戦するしかない。それが、卜部の主張だった。

「でも、うーん、確かにそれならいけるかなあ……」

微妙にまだ眠気が抜けなくて。生返事しながら、俺は辺りに視線をやる。

俺と卜部の自宅の周囲は、幸いなことに土砂崩れの影響をほとんど受けなかった。現場から数百メートル。たったそれだけの距離があったお陰で、この地域の建物はまったくの無傷。その落差には、助かった側ながら理不尽さを感じるほどだった。

景色が変わらないのは、正直非常にありがたかった。

生まれたときから住んでいる俺の家も、小さな頃から日常的に遊びに行った卜部の家も当時のまま。さらに言えば、こうして路地を歩いている限りは、災害地域もブルーシートも目に入らない。家族も全員無傷でこれまで通りに生活している。

そして——卜部との会話。いつも通り、どうでもいいことを話せる卜部。

世の中が変わっても。生活がどんどん変化していっても、こいつとの会話は幼い頃からまったく変わらない。学校に行く度現実を目の当たりにしている俺にとって、この時間はとても貴重なものだった。途切れなく続いているものが、俺達には必要なのだ。まあ、卜部本人には決してそんなこと言わないのだけど。

通学路の半分ほどまで歩き、もう少しで災害地域も見えてくる辺りに着いた。

相変わらず気温は非常識に高くて、たまらず学ランを脱いだところで、

「……お！　おはよう」

見慣れた人影にばったり出くわした。

「……ああ、深春くんと、卜部さん」

——日和だった。

爽やかに晴れた朝。東から差す日に照らされた、坂の途中の四つ角。

そこに立つ日和はなんだか儚《はかな》げに見えて、一瞬呆《ほう》けるようにしてその姿を眺めてしまう。

「おはよ、偶然だね。日和もいつも、この道通りるの？」

「おはよう。そうだね……土砂崩れ起きてからは、こっちから来るようにしてて……」

「あーそっか、前通ってたとこ、埋まっちゃったもんね」

そんなことを言い合いながら、どちらからともなく三人で登校を始めた。

狭い道を並んで学校へ歩いていく。少し離れた木立から鳥の鳴き声がして、傍《かたわ》らの塀の上では猫があくびをしていた。

と、

「……ていうかごめんね日和ー、毎朝深春借りちゃって」

ちょっと煽《あお》るような笑みを浮かべて、冗談っぽい口調で卜部はそんなことを言う。

「一人じゃわたし遅刻しちゃうからさー、これないと、留年とかしちゃいそうで。焼《や》き餅《もち》焼かないでね」

——先日の、一件以来。

日和の卜部に対する「仲良くはできないかも」という宣言以来、二人はこんな感じだった。

卜部が冗談気味に俺と仲良くしていることをアピールして、それに日和が「別にいいもん

「……」とむくれて返す。

一見すると、ケンカの火種にでもなりそうなやりとりだけど、どうも当人同士の間ではそうでもないらしい。

やり合いのあと、卜部は毎回こっそり「日和、本当にかわいいな」なんて言ってくるし、日和は日和で「わたしも、卜部さんみたいになれたら……」なんてこぼしたりもする。

相変わらず、俺には仲が良いのか悪いのかよくわからないのだけど……本人達がそれほど嫌がってもいないのであれば、これはこれで成り立っている関係なのかな、とも思うのだった。

——だから。

今回も、卜部は日和にむくれて欲しかったんだろうと思う。

わたしも一緒に登校したい、だとか。卜部さんばっかりズルい、だとか。

そういう、日和の「かわいい反応」を引き出したかっただけ。

けれど、

「……大丈夫だよ」

力なくそう言って、視線を落としている日和。

「そこはわたしも、納得してるから……大丈夫……」

——卜部が、面食らった顔になる。

こんな反応をされるのは初めてだったんだろう。

彼女は何も言わないまま、「どうしたの？」と言いたげな顔で俺の方を見た。

——あの日以来。様子がおかしくなった日以来、日和はずっとこんな調子だ。

心ここにあらずで、反応が薄めで……ぎこちないロボットのような態度。

とはいえ、踏み込んでいいのかわからない。踏み込んで何ができるのかもわからない。

だから俺は内心不自然さを自覚しつつ、あくまでこれまで通りに日和に接し続けていた。

「……そ、そう言えば」

珍しく、卜部が焦《あせ》ったような声で言う。

自分の言葉に落ち度があったのかと慌てているらしい、

「なんか、うちのお父さんの会社で、久々にニュース繋がって、色々情報入った人がいるらしくて……でもそれが、SFとか漫画の中の話みたいなのばっかりで、笑っちゃったんだって」

「へ、へえ……」

卜部を援護してやりたくて、俺もできるだけ明るい口調でそう返した。

「まあ実際今、ネットの外でも陰謀論結構広がってるもんなあ。どんな話だったんだよ？」

「なんか、人工地震で街が壊滅したとか、今の世の中の変化は、上位存在である爬《は》虫類《ちゆうるい》型宇宙人が引き起こしてるとか……」

「うわ……またそりゃ、めちゃくちゃな話だな」

思わず、素で笑ってしまった。

前からある類いの陰謀論だけど、やっぱり今でもそんなものを信じる人もいるんだな。

まあ、こんな世の中になって、何かにすがりたくなる気持ちは理解できなくもないけど。俺だって、この混乱が誰かに仕組まれたものだと思えれば、ちょっとは楽になれる気がする。実際、陰謀論信者の中にも本気で信じているというよりは、積極的に信じ込もうとしている人だって、少なからずいるんじゃないだろうか。気持ちのよりどころを、そういう突拍子もない話に見いだしてしまう人達。

……でも、さすがに爬虫類型宇宙人はどうなんだ。

笑ったついでに、俺はその話を広げることにする。

「あれだろ、その爬虫類型宇宙人が今の人間を作ったみたいな話もあるんだろ？　そんな、自由に生き物を作れるなら、もうちょい便利に生きれるようにして欲しかったよな。空飛べたり、千年くらい生きられたり。……なあ」

言いながら、俺は日和の方を見る。

すると、彼女はようやく落としていた視線を上げ、

「……そうだね」

ちょっとだけ、気持ちが緩んだような顔で笑う。

「わたしも、もっと賢く作ってもらいたかったな。次の期末試験とか、憂鬱《ゆううつ》だし……」

「あーわかる」

卜部が日和の言葉にこくこくとうなずいた。

「こんな状況で、勉強に身なんて入らないしね。絶対次の試験、赤点だらけだわたし」

「いや、お前は元々割と赤点多いだろ」

思わず突っ込んだ。

「世の中平和でも半分以上赤点だろ、卜部」

「えー。今回はまあまあやる気あったんだけどなあ」

「毎朝遅刻未遂のくせによくそんなこと言えるな！」

このト部、地頭は良い割に学校の成績はあまりよくない。きっと、普段の授業を適当に受けている上、テスト勉強もせずゲームばかりしているせいだろう。

俺達のやりとりを見て、日和は「そうだったんだ」「意外かも……」なんて笑っている。よかった。場の空気が軽くなった。卜部も隣でこっそり息をついていた。

「ていうかマジ、期末試験、どうなるんだろうな……」

向こうに見えてきた学校を眺めながら、俺は続ける。

それはそれで、確かに気になることだった。

「みんな登校してないけど、普通にやるんだろうか？」

「そうなんじゃないかな……先生も、試験作り始めたって前言ってたから……」

「だよなあ、尾道《おのみち》は、ウイルスの感染もそんなに広がってないもんな。……そう言えば」

と、俺はふと思い出す。

「ウイルスの件も、陰謀論あったよな。今流行《はや》ってる新型ウイルスは、人工的に作られたものだっていう」

「あー、あったね」

卜部が懐《なつ》かしむように目を細める。

「あれ最初さ、ネットでその噂《うわさ》見たときはわたしも信じかけたわ」

「マジか」

「うん。まだ陰謀論が沢山流れる前だったしね。もちろんすぐ嘘だって気付いたけど」

「まあわかるよな。本当に人工ウイルスだったら、ネットの怪しいサイトになんて情報漏れるわけないし」

「それな。でも、お父さんの聞いてきた話の中にもあったなあ。ウイルス関係のヤツ。なんか、人工的に強毒化されたウイルスがある街にばらまかれて……そこにいた住民が、全員死んじゃったって話。すごいよね、王道の都市伝説って感じで——」

——瞬間。

日和が——はたとその場に立ち止まった。

「……ん？　日和？」

見れば、その顔が真っ青になっている。

額には汗が浮かび身体《からだ》は硬くこわばり、これまで見たことがないほどの動揺の表情。

「ど、どうしたんだよ……日和」

尋ねると、日和はたっぷり数秒の間を置いて、

「……ごめん、忘れ物した」

ぎくしゃくと顔を上げ、歪な笑みでそう言う。

「え、わ、忘れ物……？」

「うん、だから……ちょっと取りに行ってくる。二人は、先に行ってて……」

――それだけ言うと。

日和は逃げ出すように――俺達の反応も待たずに、どこかへ駆けていってしまった。

卜部と二人取り残されて、並んで途方に暮れてしまう。

あからさまに、何かに失敗してしまった空気……。

「……え、なんか、まずかった？」

声に焦《あせ》りを滲《にじ》ませ、卜部が尋ねてくる。

「ねえ、なんか、日和の地雷踏んだっぽいよね……？　どこがまずかった？」

「……わ、わからん」

「陰謀論が嫌いとか？　もしかして、身内にウイルスかかっちゃった人がいたとか……？」

「どう、だろうな……」

「えー……しまったあ……」

日和が走っていった方に視線をやり、唇を噛《か》む卜部。

「そんなつもりなかったんだけど。傷付けちゃったかな……」

……ほんと、こいつがこんな顔をするところなんて、何年ぶりに見るだろう。

卜部も、こんな風に人の顔色を気にすることがあるんだな。ちょっとくらい、その気遣いを俺にも向けてくれるといいんだけど……。

そして——日和が何に、あんな反応を示したのか。

なんとなく、予想できることはある。彼女の活動に関わる話題が混ざっていたんじゃないだろうか。〈天命評議会〉の活動に関わってくる情報が卜部の話題に混ざっていた。日和は、思わぬところで出くわしたその話に動揺してしまった——。

そうなれば、

「……深春、追いかけてあげてくれない？」

すがるような目で、卜部はそう言う。

「心配だし、わたしが行くわけにはいかないし……それで遅刻したとしても、今は誰もそこまで気にしないでしょ。だから……あの子と、話してあげてくれない？」

「……そうだな」

うん、それしかないと思う。

行って、話を聞こう。拒絶されるかもしれないけれど、そのときはそのときだ。

あんな顔をさせてしまった以上、一人にさせるのはさすがに心配だ。

「よし、行ってくる」

「うん、お願い……ありがと」

卜部とうなずき合うと、俺は坂道を下っていった日和を追いかけるようにして、その場を駆け出した。

＊

——しばらく探し回って、日和が見つかった。

坂の途中にある小さな公園。そのベンチで、彼女は一人腰掛けうつむいている。

なんとなく、こういうところにいる気がしていた。あまり遠くに行かず、静かな場所で一人でいる気が。前から薄々気付いていたけれど、日和はここみたいな、向島《むかいしま》の見える高台が好きらしい。

「……日和？」

恐る恐る呼びかけると、日和はゆっくり顔を上げる。

彼女の顔は相変わらず真っ青で。髪の毛は汗で束になって顔に張り付いていて、重い風邪にでもかかっているように見えた。

「だ、大丈夫か……？」

「……ごめん、心配かけて」

尋ねると、そんな言葉が返ってくる。

声ははっきりしているから、どうやら少しは落ち着いたらしい。

「……ちょっと、話してもいいか？」

恐る恐る尋ねると、彼女は一瞬の間を置いてこくりとうなずいた。

「ありがとう……」

ひとまず拒絶されなかったことにほっとしながら、彼女の隣に座る。

何度か咳払《せきばら》いしてから、俺は慎重に切り出した。

「……さっきはごめんな。きっとなんか……日和を傷付けるようなことを言っちゃったんだよな。ごめん、気付かなかった。卜部も心配してたよ……」

「……そ、そんな！」

――弾《はじ》かれたように、日和はこちらを見る。

彼女はあたふたと、言い訳でもするかのように、

「あ、あの、別に二人が悪いわけじゃないの！　ちょっとわたし、思うところがあって……だからどうしても、一度気持ちを落ち着けたくて、あんな風に……」

「……やっぱり、そういう感じだよな」

予想していた通りだ。

あのとき出た話題のどれかが、日和の関わっていることだった。

「……この間も言ったけど、本当に話してくれていいんだからな？」

改めて、俺は彼女にそう伝える。

「俺も、溜《た》め込んでるの辛《つら》いなって思うことあるし。そういうとき、話すだけでも楽になったりするし……」

「……ほんとに、いいの？」

日和が、不安げにこちらを覗《のぞ》き込む。

「深春くん、びっくりさせちゃうかも……。それでも、いいのかな？」

「……もちろんだよ！」

その反応が、正直なところ意外で。本当は、もっと隠されたり何もない振りをされるとばかり思っていたからうれしくて。俺は彼女に向き直りながら、声のトーンが上がってしまったのを自覚する。

「ほら、俺も色々日和のこと教えてもらっただろ？　だから、そうそう何言われても動揺しないって！」

「……本当かなあ」

日和の頰に、かすかな笑みが灯《とも》る。

「怖がったり、わたしのこと嫌いになったりしない？」

「するわけないだろ。どれだけ俺が、これまで評議会の活動を追ってきたと思うんだよ」

「……そっか、よかった。じゃあ話そうかな」

「うん。そうしてくれよ。今日はもう、学校サボっちゃっても構わないし」

「ありがとう。うん、うれしい」

ふっと、日和は息を吐き出す。

そして、短く口ごもってから。

「あのね……実はわたしね……」

その顔に──空白みたいな笑みを浮かべ。静かに、俺に言う。


「──十二万人殺しちゃった」

「──大量殺人犯になっちゃった」


──パン、と思考がふきとんだ。

平易な言葉で説明された、日和の犯した罪。

なのに俺は、しばらくの間、その意味を理解できない。

規模が――想像を遥《はる》かに超えていた。

十二万人。

そんなに、日和が殺した？

目の前にいる、この日和が……？

「……本、当に？」

「うん」

「日和が……『お願い』で？」

「うん」

あくまでフラットな、日和の返答。

それでも未《いま》だに、事実としてそれを受け入れられない。

スタッフが命を落としたなら理解できる。活動の中で、銃撃戦になって相手を殺してしまったなら理解できる。そんな話なら、一緒に傷付いて寄り添ってやることができる。

けれど――十二万。

その数はもはや歴史的事件だ。

災害や戦争、そういう規模の出来事でのみ発生する犠牲者数。

ふと、以前にネットで見たとある画像を思い出す。連続殺人犯が出した犠牲者数のランキング。確かその中で、一位の殺人犯は推定被害者数が三百人とされていた。学校の一学年全員にも迫る人数。その規模に、当時の俺は夜も眠れなくなるほどの恐怖を覚えた。

けれど——その四百倍。

日和が、それだけの数を——。

覚悟はしていたつもりだった。日和の話に、俺自身がダメージを受ける準備はできていた。

日和の話を聞くということは、彼女の経験を自分事として考える、ということだ。だからそれを受け止める心づもりはしていたし、その上で彼女の気持ちを楽にするため、強がって気休めを言う準備もしていた。そのつもりだった。

けれど——、

「……どう、して」

口に出した声は、自分でも驚くほどにかすれていた。

「どうして、そんなことに……なったんだよ……」

「……それが、ね」

不自然な笑みを貼り付けたまま、日和は俺に説明してくれる。

「評議会が、ずっと関わってきた街があって——」

——聞かされた経緯は。

日和が話してくれた『説明』は、現実味のないほど酷い話だった。

〈天命評議会〉が、ウイルスの感染を抑え込むのに成功した街。俺も名前を耳にしたことがあったその街で、強毒化したウイルスが発見された。

感染力も致死率も、それまでよりも強力になったウイルス。それはまるで人為的に調整されたように、多くの人の命を奪う特性を持っていた。

放置しておけばそれは街の外に広がり、世界中に感染が拡大する。試算によると、想定死者数は今後数ヶ月で億単位に上る可能性があったらしい。

だから〈天命評議会〉は、日和は……、

「──都市を、完全にロックダウンしたの」

平板な声で、そう言う。

「人の行き来は完全に禁止。ライフラインや食料だけは、機械化して供給可能にして……」

「……つまり、それって……」

唇を震わし、そう尋ねる俺に、

「……そう、見殺し」

日和は、短くそう答える。

「誰がウイルスに感染してるのかもわからない、医療リソースにも限度がある……。だから周囲の病院で対応できる限界まで、若い順に市民を脱出させたあと……残る人を、その中に閉じ込めて……それで……」

──残された全員が、死んだ。

その人数が——十二万人。

思わず、頭を抱えた。

あまりの規模の大きさに、自分がショックを受けているかどうかさえよくわからない。

尾道《おのみち》に住む俺には、正直現実感もないのだ。

言ってもこの街は平和で、以前とそれほど変わらない生活ができていて……。

……なのに、十二万？　今世界では、そんなことが起きているのか……？

そう言えば……と、思い出す。

世界がこうなる少し前の、尾道市《おのみちし》の人口は十三万人ほどだったと思う。何かの授業でそう習った記憶がある。

今俺達の視界に入りうる、すべての人を合わせた数が十三万人。

今回日和が奪ってしまった命の数と——そう変わらない。

それだけの人数の人生を終わらせ……彼女はそれを、一人で背負い込んでいる——。

「……で、でも！」

俺は、何かに追い立てられるように声を上げる。

「それは……不可抗力というか。むしろそれがベストだよな？　言ってみれば、〈天命評議会〉がなければちゃんとロックダウンできなかったかもしれなくて、そうなればすぐに億単位が死ぬレベルで……世界が滅びたかもしれないんだろ？　だから……日和は、救世主になったたって言うこともできるんじゃないか？」

……そうだ、そんな風に考えることもできるはず。

確かに、ショックも受けるだろう。十二万人。途方もない数字だ。

けれど、その犠牲と引き換えに、日和は世界を救うのに成功した。

そんな風に言ったって、いいはずなんじゃないか。

なのに、

「……実はね」

日和の表情は晴れない。

「そのウイルスには、ちょっと変なところがあって――」

強毒化したウイルスには、人間が遺伝情報を操作した形跡があったらしい。

自然に強毒化した他にも、人体への影響が最大限になるように、手が加えられていた……。

つまりそれは、どこかの反評議会的組織がウイルスを作成したということを。攻撃のために、
それを街にばらまいたということを指していて――、

「……だから結局、わたしのせいなの」

足下にぽとりとこぼすように、日和は言う。

「わたしが手を出さなければ、あの街は……こんなことにならなかった。あの街で暮らしていた人も、こんな目に……遭《あ》うことは……」

硬い声色で言って、うつむく日和。
その表情は、髪の毛で隠れてこちらから見ることはできない。
──けれど。
そんな彼女を眺めていて──俺は気付く。
自分の中に、こらえがたいほどに熱いものが渦巻いていることに。
胸の中に、強烈な衝動のようなものが蠢《うごめ》いていることを。
──心臓が、普段より高い位置で鳴っている気がした。
──手足が冷たくなってじんと痺《しび》れる。
そして、理解した。
「……ッ！」
自分の中に蠢くものが──強烈な『怒り』であることを。
日和の話を聞いて、自分の中に生まれた激しい『憤《いきどお》り』であることを。
「……なんで……！」
──そう口にしてみて。
自分がもはや、声量を制御できなくなっているのに気付く。
冷静でいたいと思うのに──声が酷く震える。
「なんでこんな……こんな状況で、そんなことするヤツがいるんだ！」

日和が、弾かれたようにこちらを向く。

その目を驚きに見開き、じっと俺を見ている。

けれど――もう止まらない。

いても立ってもいられなくて、俺はベンチから立ち上がりながら――、

「世の中、もうそんなことしてる場合じゃないんだろ⁉　ネットも繋がらない、食料だってまともに入ってこない！　災害だって戦闘だって起こってるっぽくて、それが本当なのかもわからない……。人同士で揉《も》めてる場合じゃないのに……なんでそんな……！」

――それが、幼い怒りである自覚はあった。

きっと、俺は世の中のことが何も見えていない。まだ俺は、十代の田舎《いなか》の子供でしかない。

ニュースでしか社会に接したことがなく、今はそれすらも制限がされている。

そのうえ――俺が暮らしているのは、この状況にあってなお平和な尾道《おのみち》の町なのだ。

問題の最前線にいる人間に比べて、情報も知識も覚悟も、もっと言えば能力も足りないことは、十分に自覚している。

俺が口にしているのは、無責任で幼稚な理想論でしかない。

――それでも、

「だいたい……なんでそんなことを、日和が背負わなきゃいけないんだ！」

俺は今、どうしたってそう思ってしまう。

「なんで日和が、そんなことをしなきゃいけないんだ！　勝手に大人でやれよ！　日和に背負わせるなよ！　日和が……何をしたっていうんだ！」

「……深春くん……」

日和が、俺の名前を呼ぶ。

「評議会だってそうだよ！　なんでこんな、ただの女子高生に……こんなこと……！　おかしいだろ……！」

そもそも——間違っているのだ。

『お願い』なんて方法で、世界をなんとかしなければいけないのが。

たった一人の女の子による独裁で、世界のバランスを保っているのが。

発達したはずの世の中で、なぜ『お願い』なんてものが結果として効果的なのか。

なぜそんなことになったんだ。なんでそんな仕組みしか、作って来れなかったんだ。

そしてなぜ——そのツケを払っているのが。その問題の歪《ゆが》みを一身に引き受けているのが、目の前にいる女の子——俺の彼女である、葉群日和なんだ。

——そして。俺は必然的に、あることを思い付く。

当然、これまで何度も考えてきたこと。けれど口に出していいのかわからなくて、彼女につき付けるべきかわからなくて。胸の内に秘め続けてきた、一つの考え——。

……今なら言えると思う。今、彼女にそれを伝えるべきだと思う。

それしか彼女を救う方法はないし、今そうしなければ彼女は、日和はきっと、もう元に戻せないほどに壊れてしまう。

「——辞めよう」

俺は、彼女にそう提案した。

「日和、もう——〈天命評議会〉を辞めよう」


——日和は、じっと俺を見ている。

驚いてはいない様子だ。

もしかしたら、いつかこう言われるのを予見していたのかもしれない。

だから、俺は説得するように言葉を続ける。

「もう……いいだろ、日和は十分頑張《がんば》っただろ……。沢山勉強して、いっぱい考えて……抱えきれないほどのものを抱えただろ？　やれることはやったはずだよ。人一人の限界まで……むしろ、限界の先まで全力でやっただろ！」

「……そうなの、かな」

自信なさげに、日和は視線を落とす。

「わたし……本当に、十分やれたのかな」

「……当たり前だろ！」

万感の思いを込めて、俺は答える。

「こんなに頑張って、不十分なわけないだろ！　俺だったら、絶対できなかった……いや、俺だけじゃないよ。世界中の誰だって、日和みたいに頑張ることなんてできなかったって、絶対！」

――もしも、自分に『お願い』が使えたら。自分の願いを、誰かに絶対遵守させることができるとしたら。確かに、日和のような発想になるかもしれない、とは思う。

その力を世の中のために活《い》かそうとするかもしれないし、手伝ってくれる仲間を集めるかもしれない。

けれど――ここまでの規模になんて、絶対にできない。

世界的な組織を作り、各国を相手に大立ち回りをする。そんなことは、絶対にできなかった。

「だからもう……世界のことなんて放っておこう！　あとは大人に任せて……日和は、日和のために生きればいいだろ！」

「……そっか。そうなの、かもね……」

そう言う日和の頬には――ほんの少しだけ、赤みが戻ったように見える。

「そう言ってもらえるのは、うれしいよ。ありがとう……」

「そんな……日和が礼を言うようなことじゃないって」

むしろ、日和は礼を言われる側だろう。どれだけ賛辞を尽くしたって足りないと思う。日和は今の時点で、間違いなく救世主だ。

「でも……実際に辞めたら、どうすればいいんだろ」

彼女は首をかしげる。

「評議会の仕事がなくなって、『お願い』を使うこともなくなったら……わたし、どんな風にして毎日を過ごせばいいんだろ？」

その問いに——俺はまた胸を打たれる。

そうか……日和は、そんなこともわからないのか。

幼い頃に『お願い』の力に気付き、中学の頃にはすでに、今のような活動をしていた日和。彼女はずっと世界と自分の力に振り回されていて——それを手放したとき、どうすればいいいかさえわからない。

「……普通の女子高生に、なればいいだろ」

「普通の女子高生？」

日和はまた首をかしげる。

「それって、どうすればいいの……？　普通って、どんな感じ？」

「んん、例えば……」

言いながら、俺は思い出す。

俺にとって、一番身近な女子高生である卜部の過ごす毎日……。

「まあ、誰かと一緒に毎日学校行って、友達とだべったり勉強したりして……」

「うんうん……」

「放課後も、毎日誰かと遊んだり、帰ってのんびりしたりとか？　で、夜はゆっくり家族と過ごすのもいいかもな。今だと……ゲームしたり、映画とか見るのもいいかもしれない」

「はー！　なるほど……」

日和はそこで、ようやくその目に光を少しだけ取り戻す。

「そっか、仕事がないとそんなこともできるんだね……。ゲームとか映画……」

「そうだよ。それに、休みの日だってできることは増えるだろうしな。友達と遊びに行ってもいいし、逆に何もしないでぼんやりしてもいいし、趣味とか打ち込めるものを見つけるのもいいかも」

「わー、そっか……。そういうのもできるんだね……」

「……それから」

もはや、夢見るような表情になっている日和に。

俺は照れくささを覚えつつ——一番提案したいことを、口に出す。

「あとは……彼氏と……俺と一緒に過ごしたり、とか？」

「……」

ぽかんと、俺を見ている日和。

予想外のことを言われたような、言葉の意味を飲み込めないような……呆けたようにも見える、その表情。

……あれ、失敗しただろうか。

この流れで「俺と遊ぼう」なんて、ちょっと出しゃばりすぎだっただろうか。

けれど――、

「――辞める」

――その顔のまま。

日和は――はっきりとそう言った。

「わたし、〈天命評議会〉……辞める――」

「……日和」

思わず、彼女の顔を見返した。

はっきりと、覚悟を決めたような凛々《りり》しい表情。

けれど、そのどこかにうれしさを、仄《ほの》かな期待を滲ませている彼女。

「……普通に、なりたい」

日和は、はっきりとそう言葉を続ける。

「深春くんと、家族と、友達と……普通の毎日を過ごしたい」

「……そっか」

その言葉に、俺は深くうなずく。

……うれしかった。

日和が俺の説得に応じてくれたのが。俺が提案した未来を欲しがってくれたのが、飛び上がりたいほどにうれしかった。

だとしたら——話は早い方がいい。一秒だって早く、彼女を今いる場所から連れ出したい。

「だったらもう……今からその話をしにいけないか？　俺も立ち会いたい。日和が、普通の女子高生に戻るのを……ちゃんと見届けたい」

「……わかった」

うなずいて、日和は鞄からスマホを取り出す。

そして、それを耳に当てると——、

「――緊急の、全体ミーティングをします」

その向こうにいる誰かに、指示をし始めた。

「支部に、幹部全員とその他スタッフを集められるだけ集めてください。わたしから――わたしと彼氏から、大切な話があります――」

*

――会議室の混乱は、一向に収まる気配が見えなかった。

目の前で渦巻く、すさまじい動揺と狼狽。

泣き崩れる者、放心してへたり込む者、敵意に満ちた目でこちらをにらむ者――。

大人がそんな風に振る舞うのを見るのは、初めてだった。

これほど人の心を揺さぶってしまうのも、生まれて初めてのことだった。

――彼らの怒りを肌で感じた。

世界を左右する組織の構成員。彼らによる、俺達への焦げ付きそうなほどの怒り。

……動じるべきでは、ないんだと思う。

これは自分が言い出したことなんだ。責任は俺にあるし、こんな風になることだってある程度予想していた。だからここは、誰よりも気丈に振る舞わなければいけない。日和を、俺が守ってやらなきゃいけない……。

けれど……認めよう。

歯がガチガチと音を立てていた。汗が首元を伝い、喉がカラカラになる。

目の前がチカチカして、足が震えてまともに立っていられない――。

――怖かった。多数の大人が真剣に、俺に敵意を向けている。

その光景が、背筋が凍り付きそうなほどに怖かった――。

思い出すのは……牧尾さんから聞いた話だ。かつて評議会内で内紛が発生し、当時のメンバーの半分が命を落とした、という事件。同じようなことが、起きるかもしれない。怒りに任せて、俺達に危害が加えられるかもしれない。

見れば牧尾さんは、興味なさそうに会議室内に視線をやっている。何を考えているのかまったくわからない。少なくとも……助けてくれそうには思えない。

情けないけれど、これが現実だ。

もはや、事態は俺にどうこうできるレベルを超えてしまった。ここは、『お願い』を、使ってもらうしかない。事前に日和とも話していた最終手段。それに、手を出すしかない……。

――けれど、

「……なるほど、わかりました」

俺が口を開きかけたとき――彼の声が。

日和の側近である壮年男性、安堂さんの落ち着いた声が響いた。

見れば、彼はあくまで穏やかな表情を日和に向け、

「日和さんは……今このときをもって、自分の意思で〈天命評議会〉を抜ける、と。それで間違いないですね？」

「……はい、そうです」

固い動きで、日和はうなずく。

「それは、わたしの意思で、わたしが決めたことです。皆には悪いんだけど……もう覆《くつがえ》りません」

「……承知しました」

ゆっくりとうなずく安堂さん。

そして彼は、おもむろにスタッフ達の方を向くと、

「さて、皆さん……少し冷静になりましょう。こうなることは、皆どこかで一度は考えたことがあったんではないでしょうか。そして——そうなったとしても、誰も文句は言えないのだと、わかっていたんじゃないでしょうか」

——わずかに静まりかえる室内。

安堂さんの言葉は、少なくないスタッフ達にとって図星だったらしい。

「ですから、進行中の事案や検討中だったものなど、これからのことはまた落ち着いて考えま

しょう。慌ててもどうにもなりません。そしてまずは……今できることを。去っていく日和さんを、きちんと送り出すことを考えましょう」

彼は静かに笑みを浮かべ、日和の前に立った。

そして、祖父が孫に語りかけるような口調で、

「これまで……本当にお疲れ様でした」

噛みしめるように、そう話し始めた。

「組織には、あなたよりも長く生きている大人が沢山いるのに……結果としてわたし達は、若いあなたに頼りきりだった。心から、申し訳なく思います」

「……そ、そんな！　申し訳ないだなんて！」

その言葉が予想外だったのか、日和は素《す》っ頓狂《とんきょう》な声を上げる。

「わたしがみんなを巻き込んだだけです……本当に、その……」

「いいえ。そもそもおかしな話だったんです。大人達が起こした問題を、まだ十代である日和さんになんとかしてもらうだなんて。それも『お願い』なんて、個人の力に依存する形で。その歪みはわたし達が背負うべきだった。責任を若い世代に押し付けてしまっていた……」

その物言いに。彼の日和を見る表情に。ああ、この人は本心から日和を気遣っていたのだろうと理解する。安堂さんはきっと一人の大人として、日和を気にかけ支えようとしてくれていた……。

「……ですから」

彼は日和に手を差し出し、

「本当に、お疲れ様でした。これからの日和さんの生活が、穏やかなものであることを、心から願っています」

「……安堂さん」

彼の手を握り返す日和。

その瞬間、彼女の目から涙がぼろぼろとこぼれ出して──、

「……泣かないでください」

安堂さんが苦笑気味に、取り出したハンカチでその涙を拭《ぬぐ》った。

「もう、わたしがこうすることもできなくなるのですから。笑顔でいてください」

「……ありがとう」

幼い仕草で、こくりとうなずいてみせる日和。

そして彼女は、もう一度その顔に緊張感を滾《たぎ》らせると──もう一人の重要人物。

最側近である、牧尾志保さんの方を向く。

「……志保ちゃん」

呼びかけに──牧尾さんは。相変わらず興味なさそうに指で髪をいじっていた彼女は、顔を上げる。

「ごめんね、こ、こんな急に。けど……志保ちゃんが来てくれて、わたし、すごく助かったよ……」

つっかえつっかえの、日和のその言葉に。

こわばった表情の日和に、牧尾さんは短く間を置いてから、

「……別に礼なんて言わなくていいよー」

場違いな、重みゼロの、歌うような口調でそう答えた。

「わたしはあくまで自分のために、やりたいようにしてただけだから」

「そ、それでも感謝してるんだよ。本当に、すごく。だから、ありがとう……」

「そう。ていうか、話これで終わりー？　もう、言いたいこと全部言ったー？」

「あ。う、うん……そうだね……。あとは……そうだ、これで脱退者が出たら、それに伴う離脱関連の『お願い』業務はするから、遠慮して欲しくないってことくらい……かな……」

「おっけー、じゃあわたし仕事戻るわー」

言って——牧尾さんはひらりと身を翻《ひるがえ》し、会議室を出て行く。

それはまるで休憩が終わって職場に戻るような、ごく普通の所作に見えて——。

「……何なんだ、あの人」

俺は思わず、一人こぼしてしまう。

なんであんなに、平然としてるんだ。組織の要《かなめ》が抜けて、何食わぬ顔なんだ。まるでこうな

ることがわかっていたような。大したことではないとでも言いたげな態度……。

「……じゃあね！　志保ちゃん！」

去っていく背中に、そう呼びかける日和。

牧尾さんは、それにひらひらと手を振り返すと。

「うん、またねー」

また会う機会が当然来るような、そんな言葉を返したのだった。

＊

——日和と並んで、電車に揺られていた。

地下通路を抜けて、評議会の車で駅まで連れてこられたあと。

俺達は時刻表よりずいぶん本数の減った電車に乗り、尾道駅《おのみちえき》へ向かっていた。

俺と日和以外の、乗客の姿は見えなかった。

以前は観光客でごった返していたものだけど、ウイルスの感染拡大以来ほとんどの人が不要な遠距離の外出を避けている。閑散としていて少し寂しい気もするけれど、夕日に満ちた電車に二人だけで乗っているのは、どこか懐《なつ》かしくて幸せな気分だった。空気がむっとしていて額から汗が滲《にじ》むのも、小学校の頃の夏休みを思い出す。まあ実際は、今は十二月。冬の真《ま》っ只中《ただなか》のはずなのだけど。

あと少しで、尾道《おのみち》市街地に入るはず。瀬戸内海を隔てた向こうには向島が見え始めていて、ようやく俺は深く息を吐いた。

……緊張した。

本当に……死ぬほど緊張してしまった。

迎えのスタッフに支部に連れて行かれる過程も。支部の会議室での立ち回りも。それから、そのあと緊急で行われた引き継ぎの間も――。

発生したやりとりは、誇張でも何でもなく「世界有数の組織との交渉」だ。一ミリだって気を抜くことはできなくて、常に頭はフル回転で……。

もう、全身がくたくただ。身体も頭も疲労困憊《ひろうこんぱい》。できればこのままここで横になって眠ってしまいたい……。

背もたれに深く体重を預けつつ、ちらりと隣の日和を伺う。

どこか切なげに目を細め、景色を眺めている彼女。

支部を出た頃は、まだ表情に緊張が見て取れた。地下通路を歩く間も車に乗り込むときも、電車を待つ間さえも、彼女はこわばった顔で周囲を見回していた。

けれど、こうして尾道《おのみち》に近付くにつれて、日和の表情は緩んでいった。

俺にはそれが、〈天命評議会〉のリーダーから普通の女の子に戻っていく過程に見えて、背負った重荷を順番に下ろしていっているように見えて、柔らかなうれしさを覚えていた。

きっとこれで「普通」になれる。はっきりとそう思った。

もちろん、世界は今もぐちゃぐちゃなままだ。以前みたいな生活はなかなか戻ってこないだろう。苦労することもあるだろう。これから世の中がどうなっていくのかだってわからない。

それでも……きっといつか。いつか、『当たり前の日々』は戻ってくるはずだ。

ウイルスの感染が終息して、高まった国家間、民族間の対立感情が落ち着いて、この異常気象だって収まって……少し前までのような、穏やかな毎日が戻ってくる。

そして──そのときに、日和と一緒にいられれば、俺はそれで十分だ。

それ以上の幸せなんて、どこにもないのだろう。

隣に座る日和の様子をもう一度窺い、電車の揺れを全身で感じながら、俺はそんなことを考えていた。

*

「……着いたな、尾道《おのみち》」

「うん……そうだね」

尾道駅《おのみちえき》を出た頃には──辺りはすっかり暗くなっていた。

見慣れたいつもの景色を眺めながら。駅前の繁華街の灯《あか》りと、遠くの向島、造船所に灯るスタジアムみたいな光。その間を隔てる瀬戸内《せとうち》の、ちらちら光る波を眺めながら――俺は深く息を吐き出す。

「……無事、帰ってこられたな」

「……うん」

「これでもう、俺達……普通の高校生だな」

「うん……！」

言って――日和と笑い合う。

隣に立つ日和。彼女は本当に幸せそうな、これまで見たことのない柔らかな笑みを浮かべている。細められた目、柔らかく緩んだ頬と、薄い桃色の唇――。

そのとき、俺はふいに思い出す。

「……そう言えば、日和、言ってたよな」

切り出すと、日和は「ん？」と首をかしげる。

「あのさ、記憶取り戻して、もう一度付き合い始めたあと……『わたしが普通の女の子に戻る日が来たら、わたしの隣にいてね』って」

「……うん。そうだったね」

あのときのことは、よく覚えている。

今日みたいに日の暮れる前後で、ちょうどこの海沿い辺りの道で。日和は俺にそう言い——俺も決意したんだ。絶対に、日和の隣にいようと。それがいつになるかはわからないけれど、それまで俺は日和を好きでい続けようと。

日和はどこか、くすぐったそうな顔で笑いながら、

「今思い出すと、ちょっと恥ずかしいけどね……。うん、でも、そんな話したね……」

「もう、あれから二ヶ月くらい経つのか」

海の方角に視線をやり、目を細めながら俺は思い出す——。

「確かあれって……日和の願う世界が実現したら、って話だったよな。評議会がいらなくなって、『お願い』なんて使う必要がなくなったら、って」

「……そうだね」

「だから、それはまだ実現してないのかもしれない。全部が叶《かな》ったわけじゃないかもしれない。けど……少なくとも」

言って、俺は両手で日和の手を握る。

「普通の女の子に戻る日に、隣にいることができたよ」

——その言葉に。

日和は——目にいっぱいの涙を浮かべる。

「……うん」

「だから、あとは世界が平和になれば。この混乱が落ち着けば、約束は果たされることになるだろ」

「……うん、うん……」

「その……だから……」

と、そこまで言って。

俺は、ふいにこみ上げた恥ずかしさを無理矢理噛み殺《ころ》しつつ。

それでも――はっきりと、俺は日和にこう言った。

「そのときまで、絶対に一緒にいよう」

そして、一度息を吸い。

「そのときまで――絶対に俺は、日和を好きでいるよ」

――ふいに、日和がうつむく。

何の前触れも脈絡もなく、突然に……。

……ど、どうした？　急に。何かあったのか……？

表情を窺おうとするけれど、前髪に隠れて顔が見えない……。

……もしかして、なんか、まずいこと言ったか？

さすがに今のセリフがクサすぎたとか？　あるいは単に嫌だった……？

俺一人盛り上がって、大胆なこと言っちゃったけど。実は日和、全然そんな気になれなくて……さすがにそういうのは重い、みたいな感じだっただろうか……。

……ど、どうしよう？

全身にぶわっと汗が滲《にじ》んだ。

今さらだけど取り消す……？　いや、でも今言ったのは俺の本音なわけで。これからもずっと、日和と一緒にいたいと思っているわけで。それをあっさり取り消すのは……。

そんな風に、一人でテンパっていると——、

「……ありがとう」

日和が——小さくそう言う。

ゆっくりと顔を上げ、今にも泣き出しそうな表情で、彼女は俺を見る。

こぼれそうに潤んでいる丸い瞳。いつの間にか真っ赤に染まっている頰。

「あの……あのね……」

もどかしげに、そう言う日和。

そして彼女は決心した表情になると、ふいに一歩こちらに踏み出し——、

——その唇を、俺の唇に短く触れさせた。

一瞬感じた、柔らかで暖かな感触——。

鼻をくすぐった、華やかなシャンプーの香り――。

そして――胸に止《と》めどなく湧き出す、甘やかな幸福感。

……久しぶりだった。

久しぶりの、日和とのキスだった――。

唐突な彼女の行動と、それを通じて感じた彼女の気持ち。

脳があっという間に暖かなもので満たされる。うれしさとくすぐったさで胸が一杯になって、一気に頬が熱くなっていく。

そんな風にして、何も言えなくなった俺に。

日和は――目を細めてこう言った。

「……深春くん、好き」

第2話 ── 彼氏彼女の休日

「──よかったぁ……日和《ひより》が元気になって……」

「ごめんね、心配かけて……」

すべての授業が終わった放課後。緩くざわつく教室にて。

様子を見に来た卜部《うらべ》が、日和を前にしてその場に崩れ落ちかける。

「いやもう、正直なんか地雷踏んだかと思ってさあ……マジで嫌われたかもしれないってビビってたから……」

「そ、そんなことないよー！」

血相を変え、日和は元気アピールを始める。

「ちょっとなんか、体調悪かっただけで！　ほら、今はこんなに元気いっぱいです！」

そう言いながら、なぜか力こぶを作ってみせる日和。

それが面白かったのか、卜部が盛大に噴き出した。

「何それ。その、昭和みたいなポーズ」

「ええ、昭和⁉」

「まあ、それはそれでかわいいけど。なんかちょっと、いい意味でおばちゃん臭くて」

「……それ、全然褒《ほ》めてないよね⁉」

──日和が〈天命評議会《てんめいひょうぎかい》〉を抜けた翌日。

思った以上にはっきりと、日和に変化があった。

もう、何から何まで違うのだ。表情、声色、仕草に身のこなしにテンション。

そのすべてが目に見えて明るく、軽やかになった。

例えば朝「おはよう、深春《みはる》くん！」とかけてくれた声。

昼休み、分けてあげた弁当を食べて「ん〜おいしい！」と笑った顔。

そして放課後「このあと……どうする？」と聞きに来た足取り。

そんな些細《ささい》なすべてのことが——今までの彼女とはまるで違う。

それまでの彼女は、いつも小さく憂いを帯びていたように思うのだ。困ったように笑う表情や抑えた声に、大きなものを抱えている緊張感と疲れが見え隠れしていた。

けれど……今の日和は違う。今の彼女は、本当にただの『田舎の女子高生』で。ちょっと抜けたところがあって優しくて穏やかで——そして、とてもかわいい俺の恋人。

……ようやく、本来の日和の姿に戻れたのだろうと思う。

中学時代から彼女を縛ってきた〈天命評議会〉。そこから解き放たれた今、日和は彼女の本当のあり方に戻ることができた。

だから、

「——でも、わたし本当に心配してたんだよ。どうすればいいんだろ、なんかした方がいいのかなって」

「ふーん……。じゃあさ、これからは毎日、わたしが深春くんと登校していい？」

「それはダメ」

「えー何で！　いいでしょ！　できることしてくれるんでしょ!?」

そんな風に、卜部と言い合う日和。日和は卜部の制服の裾を摑《つか》み、卜部は卜部で意地悪っぽい笑みを日和に向けている。

大切にしたいと改めて思う。

やっと日和が手に入れることができた当たり前の幸せ。俺はそれを、できるだけ守りたい。

沢山の新しい幸せを、彼女と一緒に味わいたいと思う。

「……あ、そうだ」

と、俺はそこで思い付く。

日和が『普通の女子高生』として生きる、第一歩。

これから楽しく過ごすための、最初の計画――。

……そうだ。それがいい。まずはそういうところから始めるのが、ベストなんじゃないかと思う。

「なあ、日和、卜部」

そんな前置きをして、俺は二人にとある提案を始めた。

「こないだ、卜部と話したアイデアなんだけど――」

＊

「——お、お邪魔します……！」

「——うおおっ……なんか、歴史感じる……！」

「——卜部さんっぽいね……」

日和が評議会を辞めた週の日曜日。昼過ぎのこと——。

日和、大橋《おおはし》、橋本《はしもと》の三人が——固い表情でそんな声を上げる。

彼らは辺りをキョロキョロと見回し、各々《おのおの》いそいそと履き物を脱ぎながら、

「なんか、緊張する……」

「お、俺……女子の家にお邪魔するの、初めてかも……」

「ね、そのうえ……こんな大人数で……」

なんてこそこそ言葉を交わしていた。

そんな彼らに思わず笑ってしまいながら、

「いや、そんなかしこまることねえだろ」

俺も適当にスニーカーを脱ぎ、三和土《たたき》の隅っこに寄せる。

「別に普通の家だよ、ちょっとデカいけど割と古いし、ちょこちょこガタも来てるし……」

ていうか、日和はちょっと前に来ただろ。なんで初めてみたいな顔してるんだよ……。

俺達がいるのは——卜部家。俺の家から徒歩数十秒の位置にある古い戸建てだ。

俺は毎日のようにこの家を訪れているし、小さい頃には何度も泊まったりもした。

だから今さら感慨もクソもないわけで……大橋達がうろたえているのが、なんだか面白い。

けれど、そんな態度がまずかったらしい。

その場にいた全員から——卜部、卜部の友人達、日和、大橋、橋本の全員から非難の声が寄せられる。

「——は？　深春の家の方がガタ来まくりでしょ？」

「お、幼なじみアピールかー？」「彼女いんのにいいの？」「頃橋《ころはし》くん、まさか二股狙い？」

「……まだ一度も、わたしの家来たことないのに」

「はーこれだからブルジョワは！」「どうせ僕らは初心《うぶ》な陰キャだよ……！」

そのあまりの反響の大きさに、思わずビビってしまう。

「え、そ、そんなに言われることかよ……⁉」

いやまあ、確かにお邪魔しといて文句言うのは不躾《ぶしつけ》だけどさ！

でも俺と卜部、今までもずっとそんな感じだったんだけど⁉　そこまで皆から責められることか……⁉　集中砲火浴びるほどか⁉

さらには、

「……じゃあ、今日は深春には、古い方のコントローラー使ってもらおうか」

——凜太《りんた》が。俺達を迎えるべく玄関に来た凜太が、冷たい声色でそう言う。

「ボタン半分くらい効かなくなってるけど、別にそれでもいいでしょ？」

「ちょ、ちょっと待ってくれ！」

慌てて俺は、凜太に追いすがる。

「ごめん！　申し訳なかった！　卜部家は素晴らしい豪邸《ごうてい》だよ！　だから——ちゃんと動くコントローラー、貸してくれ！」

——卜部の家で、みんなでゲームやろう。

それが、先日日和達に提案したアイデアだった。

まずは、ちょっと盛大にやった方がいい気がしたのだ。日和がこれまでよりも楽しく過ごすためには、スタートダッシュで友達を増やす方がいいんじゃないかと。

もちろん、日和には元々仲良くしている友達もいる。とはいえ、正直その数は少なめで、となれば俺と卜部の友人を一箇所に集めて、一緒に遊べば一気にできることが広がる気がするのだ。そこで、先日卜部が言っていたアイデア、ゲーム大会という案に乗っからせてもらうことにした。

かくして、俺は日和と大橋、橋本を。卜部も仲の良《い》いクラスメイト三人を呼んで、こうしてここに集まったのだけど……。いざこうなってみて、生まれた懸念《けねん》点が一つ。

「ていうか、『三本橋』はみんなこのゲームやったことあんの？」

会場となる予定の居間へ向かいながら。卜部の友人——彼女のグループの中でも最も派手な女子、刑部《おさかべ》さんがそう尋ねてきて、俺達はぎくりとする。

「あたしはさー、妹がめっちゃ好きでたまにそれに付き合ってるから、ちょっとできるくらいなんだけどー」

「あ、そ、そうだね……割とやってるから、得意かな……」

緊張気味に笑い返し、大橋がそう答える。

そしてそれに、橋本が窺《うかが》うような顔で、

「ち、ちなみに『三本橋』ってのは、何なの……？」

「あーそれは、絵莉《えり》がいつも三人のことそう呼んでるんだよ」

爽《さわ》やかな笑みを浮かべ、クラスのイケメンナンバーワン、梶《かじ》くん（卜部のことを好き疑惑がある）がそう教えてくれる。

「頃橋、大橋、橋本で三本橋、って。なかなか上手《うま》い呼び名だよなー」

「あ、そ、そうなんだ……」

「……確かに上手い……」

そして最後に、

「おー、ここが会場かー！」

卜部グループ一の天真爛漫《てんしんらんまん》系女子、天童《てんどう》さんが明るくそう声を上げる。

彼女はその畳の床にごろんと寝転がると、

「やべーひろーい！　あはは、ほら葉群《はむれ》さんも寝てみなよ！　クッソ懐かしい匂いするから！」

「え、わ、わたしも……⁉　じゃ、じゃあ……」

そう言うと、日和はつられて天童さんの隣に横になる。

――人のジャンルが、入り乱れている。

あまりにもバラバラなタイプが、こうして集まることになったのだ。

卜部の友人達は、一言で言えばハイカースト。陽キャタイプの面々だ。

卜部自身が美人なこともあってか、彼女の元には自然とそういうタイプの生徒達が集まり、今や校内でもトップクラスのハイスペック男女のグループが形成されている。

実際、今日集まってくれた刑部さん、梶くん、天童さんは、全員漏れなく容姿端麗。

さらには成績が良かったり性格が良かったりノリが良かったりと、人としてよくできているのでこちらとしては物怖《ものお》じせざるをえない。

そして逆に――俺達は。

三本橋と呼ばれた俺、大橋、橋本のトリオは……まあ、地味だ。

多分、全国どこの高校、どこのクラスにも五人くらいはいるタイプ。

大橋はちょっとスポーツ好き、橋本は穏やかで家庭的、そして俺はゲーム好きでニュースチェックが好き、なんて特徴があるけれど、卜部グループほど突出はしていない。普通を絵に描いたような三人組。

そして、日和は……おっとりした素朴な女子だ。

顔立ちが整っていることや優しい性格もあって、俺らみたいな男子から密《ひそ》かに人気を集めているけれど、決して目立つ方ではない。

そんな面々が一堂に会して。バラバラのタイプが同じ場所に集まってゲームをやるわけだ。

……いやこれ、どうなるか全然わからんな。

楽しくゲームできるんだろうか？　会話とか、ちゃんと弾むのか……？

卜部、もうちょっと俺らの感じに気を遣ってくれよ。話しやすいメンツを集めてくれよ……。

……とはいえこっちも別に、卜部達の雰囲気に合わせたりしようとは思わなかったわけでな。お互い様なのかもしれないし、あんまり文句は言わないでおこう。むしろ実際これだけ集まってくれたのはありがたいことだ。

考えながら、俺はちらりと日和の方を見る。

なぜか刑部さん、卜部まで一緒になって、四人で畳に横になってる日和……。

……頑張ろう。

俺が言い出したことなんだ。日和が今日を楽しんでくれるよう、これからの生活に繋《つな》げることができるよう、しっかりサポートしていこう。一人、心の中でそんなことを誓った。

＊
ゲームスキルは各自バラバラ。コミュニケーションのスタイルだってバラバラだ。なかなか噛み合わなくて、さぐりさぐりでゲームを進めていく。

感染対策のために、ところどころで消毒を挟まなきゃいけないのにもテンポを狂わされる。

新型ウイルスは、接触感染を中心にその規模を広めていくらしいことがわかっている。尾道《おのみち》では世界でもまれなほどに感染者が出ていないけれど、それでも対策を怠るわけにはいかない。

ということで今回、コントローラーを交代で使う分全員がビニール手袋をしていた。そのうえ、プレイヤー交代の度にアルコールでの消毒も必須。仕方のないこととは言えやはり緊張感が拭えなかった。

――案の定、最初はぎこちない滑り出しになった。

ただ――戸惑ったのは最初だけだった。

まず、初心者だった梶くん、天童さんの上達が思いのほか早い。ルールの飲み込みもコントローラー操作の理解もあっという間だったし、立ち回りにもセンスを感じる。

開始から数時間が経《た》ち、彼らがサポートなしで楽しめるようになった頃には、大分参加者のテンションも上がってきていた。

さらにそこから、三対三のチーム戦を繰り返し始めた頃には――、

「――おい大橋！　お前今なんかズルしただろ!?」

「いやしてねえし！　普通に必殺技だよ！　刑部さんも使えるよ！　……って危ねえ！　葉群さん!!　その攻撃めっちゃ仲間当たってる!!」

「えっ!?　ほんと!?　敵狙ってるつもりだった！　じゃあ……今わたしが狙ってるのって……」

「僕だよ！　橋本だよ！　……ああー死んだ！」

「わーごめん！　悪気はなかったの……」

「だ、大丈夫！　とりあえず、僕の落としたアイテム拾って敵陣に――」

「――えっへっへー！　アイテムいただいていきまーす！　ありがとうお二人さん！」

「ああー！　天童さんに取られたー！」

――盛り上がっていた。

それまでの心配は何だったんだと思うほどに、ものすごく盛り上がっていた。

むしろ……大橋と橋本に至っては、俺と遊ぶときより楽しそうじゃね？

男三人でむさ苦しく集まったときより、あからさまにテンション上がってね……？

なんか、納得いかねえんだけど……。

ちなみにそんな中、俺自身はと言えば、

「あーちくしょー！　また頃橋くんにやられた！　……くそー強《つえ》ぇえなあ……」

「いやいや、梶くんマジで大分上手《うま》くなったよ。普通にセンスは俺以上だと思う……」

「そんな慰めはいらねえ！　俺、ちゃんと勝てるようになりたいんだよ頃橋くんに！」

……ライバル認定されていた。梶くんに粘着され、何度も戦いを挑まれていた。

なんでだよ。なんでそうなるんだよ。せっかくみんなで集まってるんだから色んな人とやってみようよ……。

ていうか梶くん、私怨《しえん》でやってねえか？　俺が卜部と仲良くしてることへの恨みも込めてやってねえか……？　だとしたら、ここで俺を倒したところで状況何も変わらないと思うぞ……。

……とはいえ。

「――ほう……」

プレイの合間。一度深く息をつき、俺は改めて今日集まったメンバーを見回す。

あっさりと、違うタイプの生徒達が仲良くなることができた、
これまで交わることのなかったグループが、一つになって楽しんでいる……。

……ちょっと、過保護になりすぎていたかもしれない。

日和を楽しませたくて、『普通の女子高生』をして欲しくて、肩に力を入れすぎだったかも……。

「んははは！」「おらおら待てよー！」と野太い笑い声を上げ、大橋と橋本を追い立てている卜部と刑部さん。

「いやこえーよ！」「な、なんで僕らばっかり狙うの⁉」

口ではそんなことを言いつつ、大橋も橋本もうれしげな表情だ。

その隣で、天童さんと日和はいつの間にかコントローラーを置き、楽しげに学校のことを話している。

「だからね、多分いつも履いてるローファー、どっかで誰かのと入れ替わってるんだよねー。もう今さら、持ち主探せないんだけどさー」

「ええ……。でも言われてみたら、入れ替わってもわかんないよね。皆同じ店で買ってるだろうし、入学直後だったら見た目も完全に同じだし」

そしてそんな風に、意識を画面から外していたものだから、

「あれ……今俺、頃橋くん倒した⁉　今やったの、頃橋くんだよな⁉」

気付けば俺は、梶くんに倒されていた。

「よっしゃ！　完全勝利！　今のは完全に実力で勝ったっしょ！」

言いながら、ちらちら卜部の方を見ている梶くん。けれど卜部はまったくその視線に気付かず、大笑いしながら大橋と橋本の追い込みを続けていた。

——昔から、仲が良かったかのようだった。

これまでもずっとこのメンツで遊んできたみたいな、最初から壁なんかなかったかのような、和やかなひととき。

ただ、本心を言おう。

少し前までだったら、こんな景色を見ることはできなかっただろうと思う。

尾道《おのみち》に土砂崩れが起きる前。さらにその前の、世の中が平和だった頃だったら。きっと、俺達はこんな風に打ち解けられなかった。人のタイプの壁を乗り越えることなく、ぎくしゃくしたままで一日を終えていた。

最近、感じるのだ。クラスの結束力が以前に比べて強くなったと。街が災害に見舞われて、登校する生徒も少なくなって。その分、残った者達の間に連帯感が生まれた。こんな状況でも学校に来ている同士として。同じ危険に日々さらされ、不自由を味わっている同士として、不思議な仲間意識を覚えるようになった。

それはきっと、表面的には良いことなのだろう。仲良くできる相手が増える、下らない壁を取り払って友人になれる。素晴らしいことだ。道徳の教科書にでも載りそうな美談だ。

けれど、俺は心のどこかで――寂しさも覚えていた。

性格や好みの違いくらいで、誰かと距離を取ることができていた豊かさ。ちょっとタイプが違うからと、同じクラスにいても会話さえせずにいられた余裕。

当たり前に持っていたはずのそれが、いつの間にか失われてしまった。

変わっていく世界の中で、俺達は確実に何かを失いつつある――。

どこかで、それを防ぐチャンスはあったんだろうか。もっと人類が上手く立ち回っていれば、この変化に対して団結して対抗していれば、こんな風にならずにすんだのだろうか。

……きっと、無理だろう。

それこそ、超常的な力がない限り、そんなの実現できるはずがない。

そして仮に――超常的な力があったとしても。それを持つ誰かに、責任を負わせるなんて間違っているはずなんだ。

「……どうしたの？」

気付けば、心配そうに日和がこちらを見ている。

「深春くん、なんか……元気ないけど、何かあった？」

「……ああいや、大丈夫」

俺はそう言って、日和に笑いかけた。

「ただ、梶くんに負けたのがすげえショックで」

梶くんが、その言葉に勝ち誇った顔になる。「よっしゃ、頃橋くんもう一戦しよう！」なんて誘ってきて、俺はもう一度笑ってから手を消毒し、コントローラーを握った。

＊

——その後も、ゲーム大会は盛り上がり続けた。

それぞれのプレイスタイルも安定し、徐々に連携ができるようになって、さらには——、

「……わーやられた！　日和にやられた‼」

「やったー！　倒した！　嘘《うそ》みたい！」

この集まり最強の実力者卜部を、初心者である日和が倒すなんてジャイアントキリングまで発生した。

「えー、おめでとー！」

「マジですげえじゃん！」

「かっこよかったよ……！」

「あ、ありがとう！」

言い合いながら、天童さんや大橋、橋本とエアハイタッチをする日和。

卜部はそれを悔しそうに、けれどどこかうれしそうに眺め、刑部さんと加持くんも整った顔を無防備に緩めていた。

そして、再び始まった新たな試合。もう何度目かになるチーム戦。

それが佳境に差し掛かったところで――、

「――よし行け行け大橋！」

「――刑部さんサポート頼む！」

「――日和、拠点防御任せたよ！」

「――わ、わかった！　やってみ――」

――ブツン。

「……えっ？」

――消えた。

家中の電気が、消えた。

灯《あか》りだけじゃない。テレビ画面は真っ暗。

ゲーム機も、それ以外の家電製品も……すべての動作が止まっている。

すでに日が暮れていることもあって、居間は完全な暗闇に沈んでしまった。

「……な、何これ⁉」

「え⁉　ちょ、あとちょっとで勝てたんだけど～！」

「あれ。ごめんね……ブレーカーでも落ちたかな……」

言いながら、卜部が立ち上がり分電盤の様子を見に行く。

「この家、たまに電気落ちるんだよねー。しかも今日、人いっぱい来てたからなー」

言いながら、脚立《きゃたつ》か何かを引っ張り出している様子の卜部。

けれど、彼女がそれに登る前に、

「……いや、ちょっとみんな」

縁側の方にいた梶くんが声を上げた。

彼らしくもない、緊張気味の声。

「こっち、見てみてよ……」

振り返ると、見慣れた卜部家の縁側がある。

ガラス戸の向こうに、尾道《おのみち》の街が一望できるはずの縁側。

普段なら、綺麗《きれい》な夜景が見える頃だ。家々や造船所から漏れる灯りで、どこかノスタルジックな景色が広がっている時間帯。

なのに――、

「……うわ、真っ暗じゃん！」

「何これ、停電……⁉」

――暗かった。

建物や街灯の明かりがすべて消え、真っ黒な街がそこにあった――。

わずかに見えるのは、道を行く自動車と瀬戸内の海を渡るフェリーのライトだけ。こうして見る限り、街は墨でも塗ったみたいに真っ黒で。それは、深夜に見る瀬戸内の水面にもよく似ていて……。

「……」

「……」

「……」

俺達は、それまでの盛り上がりが嘘《うそ》だったみたいに黙り込んでしまう。

ちらりと様子を窺うと……皆それぞれ見とれているような、放心しているような、あるいはちょっと怯《おび》えているような表情で、ガラスの向こうの暗黒をじっと眺めていた。

こんな景色は……初めてだった。こんな風に大規模に停電して暗くなった尾道《おのみち》を見るのは、記憶にある限り初めて——。

……なんだか、取り残されたような気分だった。

世界がどんどん変わっていって、それまでの平和が失われていって、俺達だけがこうしてほんの狭い範囲だけの安定に取り残されてしまった。

手足の先が冷えていくような、昨今の気温に似つかわしくない不安。もはや俺達の知っている日常なんて、どこにも残っていないのかもしれないという実感——。

「……た、多分」

日和がふいに、そんな声を上げる。

「しばらくしたら、電気戻ってくると思う……」

「な、なんで？」

天童さんが、不思議そうに尋ねた。

それに日和は、なぜだかちょっと慌てた様子で、

「ほ、ほら！　今、発電所の稼働《かどう》もどんどん止まってるって噂《うわさ》だし、電力供給が不安定な街も結構あるみたいだし……きっとそういう感じになってるだけかなって……多分……」

「……え、そうなの？」

「ならまあ、いいんだけどね～」

「や、なんかちょっとビビったね。いきなりここまで暗くなると……」

ほっとした様子の、梶くん天童さん刑部さん。

そしてそれに、不思議そうに橋本が続く。

「……でも、詳しいね葉群さん。僕、そんな話全然知らなかったよ」

「あっ、そ、そのね……」

日和がもう一度、素《す》っ頓狂《とんきょう》な声を上げる。

「お父さんが、職場でそういう噂を聞いたみたいで。本当か嘘かわからないんだけど、それかなって……。あはは……」

それを聞きながら……日和の白々しい言い訳を聞きながら、きっと評議会で得た情報なんだろうと俺は思う。発電所が止まってるとか電力が不安定な街とか、評議会にいた頃であれば一番注目していたであろう情報だ。日和は、それをぽろっと漏らしてしまった——。

「……まあ、そうだよな」

鼻から長く息を吐き出した。

もう評議会は辞めているのに。本当の意味で、日和は普通の女子高生になったはずなのに、その頃得た知識が消えることはない。日和が『普通』になることはない。

真っ暗なままのト部家の居間で。そんなことを、俺は小さな苦しさとともに実感する。

＊

日和の言う通り。それから十五分ほどもすると、電気は復旧した。

部屋や街に灯りがつき安心した俺達は、そこで結構いい時間になっていることに気付き、

「……そろそろ、終了にするか！」

「そだねー、遅くなっちゃったし！」

「よーし、じゃあ今日はここまで！」

そんな風に言い合って、今回のところはお開きとなった。

ト部家を出て駅前まで全員で移動。

「この会またやろうよ！　週一くらいで！」

刑部さんがそんなことを言い出して、改札前でみんなで約束する。

「そうだね、すげえ楽しかったし。俺、もっと頃橋くんと戦いたいし」

「わたしも、結構暇だからまた集まりたーい！」

……うれしい話だった。俺も、また皆と今日のように遊びたいと思う。

そして日和にも、こんな毎日をもっと楽しんでもらいたい。友達との楽しい思い出を沢山作ってもらいたい。

「──じゃーね！」

「──おう、また明日学校で！」

話がまとまったところで、手を振り合い解散となる。

帰り道が同じ者同士並んで、それぞれの家に帰っていく。

そんな中、俺は日和をフェリー乗り場まで送っていくことにした。今日一日、ずっとみんなと一緒だったしな。少しだけでも二人で話せる時間が欲しい。

「はぁあぁ……ほんと、楽しかったあ……」

夢見るような口調で、日和は歩きながらそうこぼす。

「最初は、すごく緊張してたけど……みんないい人で、本当によかったあ……」

その表情がいつものように街灯に照らされていて、俺はようやくほっとしていた。

今、尾道駅前《おのみちえき》には光が溢《あふ》れている。駅舎の灯《あか》り、コンビニの灯り、街灯の明かり、バス停の灯り。

その眩《まばゆ》さの中で、いつも通り回り続けている街や人々。真っ暗になった街を見たときには、それが永遠に続きそうな気がした。もう街に光が戻ることはないような気分になった。

けれど今、営みは息を吹き返したのだ。尾道《おのみち》という街自体が一度命を落としかけてから蘇生《そせい》した。たかが照明、とそれまで気にもしていなかったけれど。そのありがたみを、俺は今改めて実感する。

「楽しんでもらえたならよかったよ。大会、企画した甲斐《かい》があったな……」

「ほんと、深春くんのお陰だよ！　感謝してもしきれないよ！」

「お、大げさだな……！」

「本心だもん！　しかもまた遊べるなんて、夢みたい……。またすぐに、こんな風に楽しい時間が待ってるなんて……」

目を細め、日和は瀬戸内《せとうち》の向こう。向島《むかいしま》を切なげに眺める。

「本当に、こんな日が来るなんて思ってなかった。こんな風に、純粋に幸せな日が来るなんて……」

それも仕方がないのだろうと思う。日和は世界を背負って戦っていた。不可抗力とは言え、沢山の人の命が失われるのに加担してしまった。

そんな彼女にとって、普通の学生生活こそが『夢物語』だったんだろう。

それを少しでも彼女に味わわせることができたことを、俺はこっそり誇らしく思う。

ただ、

「……二人でも遊びたいなあ……」

夜風に乗せるようにして、日和はそんなことをつぶやいた。

「みんなで遊ぶのも楽しいけど……深春くんと、二人でも遊びたい……」

「……そ、そっか」

唐突なその言葉に、心臓が小さく跳ねた。

俺も、それには同感だ。今日唯一不足があるとしたら、そこだった。

日和ともっと、二人きりになれる時間も欲しかった。彼氏彼女として、ゆっくり過ごせる時間も欲しい――。

「じゃあしばらくは……二人だけで遊ぶか」

ちょっと思い切って、俺は日和にそう提案する。

「次に集まる機会までは、しばらく二人で出かけたり、家に遊びに行ったり……そういう感じにしよう」

「……そうだね」

日和は幸福を噛みしめるように笑い、こくりとうなずいた。

「うん、そうしよう。そういうの、ずっと憧れてたし……」

——もう、誰に遠慮することもないのだ。

学校にいるとき以外は自由に時間を使えるし、仕事のことを考える必要もない。

俺達はごく普通の高校生カップルとして、二人の時間を大切にすればいいんだ——。

「それに……」

と、日和は薄く笑みを浮かべたままで。

当たり前みたいな口調で、こんな風に付け足す。

「——いつまで普通に遊べるかも、わかんないしね」

「……ん?」

一瞬、意味がわからなくて声が出た。

「いつまで遊べるかわからない……? どういうこと?」

「ああ……えっとね」

視線を落とすと、日和は言葉を選ぶようにしばし黙り込んでから。

「……今日の停電、びっくりしたでしょ? あんなの今までなかったたし、本当に突然だったし」

「……だな」

「けどね……むしろそれが、他の街では当たり前のことなの。尾道《おのみち》が本当に特殊なだけで……安定して電力を使える街なんて、本当はほとんどないっていうか。完全に電気こない街も、あるっていうか……」

「……そ、そんな感じ、なのか」

確かに、日和はさっきそんなことを言っていた。電力供給の不安定な街は、他にもあるのだと。けれど……それが当たり前？　むしろ、まったく来ないところもある？

……実感が湧かなかった。

尾道《おのみち》に暮らしていた俺には、にわかには信じられない。

もちろん。ネットが繋がらないだのスーパーに品物がないだの、そういう苦労はあったのだ。

けれどライフラインはこれまで通りで、困ることなんてほとんどなくて。

……本当に、周りはそんなことになってるのか？

そして、いぶかしがる俺に、

「……今後は、尾道《おのみち》でもああいうことも増えると思う」

日和は、残念そうに目を細めてそう続ける。

「電気がこない時間も、ちょっとずつ増えていくだろうし……他にも困ること、増えてくかも

「……」

「そう、なのか」

「……うん」

うつむくと、日和は一瞬口ごもってから、

「……わたしが、評議会辞めちゃったからねえ」

失敗を悔やむような口調で、そう言う。

「もう、色々……調整できないから……」

……その言葉で。気まずそうな彼女の表情で、理解する。

ああ——やっぱり、守られていたんだなと。

俺達は、〈天命評議会〉リーダーである日和にひいきをされていた。彼女の地元だからと、家族や友人がいるからと優遇されていただけなんだ……。

ぼんやりとは理解していた。ニュースで見る世界の様子と、俺の日常に隔たりがありすぎる。そこには何か、理由があるような気がずっとしていた。そしてそれが日和によるものであることも、なんとなく気が付いていた。

そして今、日和が普通の女子高生に戻った以上、その優遇は終了となる。

少しずつ、他の街と同じように不便が押し寄せてくる——。

「まあでも、そんなすぐってわけじゃないと思うからね！」

元気に顔を上げ、日和は改めてそう言う。

「まだもうちょっと、時間があると思うから……その間、いっぱい遊ぼうね、深春くん！」

「……おう、そうだな！」

なんとかそんな風に返しながら。日和に不安を見せないように、笑顔でうなずきながら……

それでも俺は思う。

そのときが来たら。日和の言う通り『普通に遊べなくなる』ときが来るとしたら、俺達はどうなるんだろう。俺達の毎日は、どんなものになっているんだろう、と。

＊

「──わー、渋滞やべー」

東京都千代田区《とうきょうとちよだく》霞《かすみ》ヶ関《がせき》。文部科学省の三十五階にある大臣室。

窓から虎ノ門《とらのもん》周辺を見下ろしながらわたしは──牧尾志保《まきおしほ》、という名前で通っているわたしは──思わず歓声を上げた。

「桜田通り全然動いてないじゃーん。まあでもしゃあないか。死にたくないもんね。こんなとこいたら、ほとんど自殺行為みたいなもんだしねー」

──周囲では、文科省移転のための準備が進められている。

日和ちゃんが評議会を抜けて、それ以降久々にやってきた山場だ。

感染を恐れた官僚が業者に任せず、自分らで荷物の整理をしていてマジでお疲れ、って感じである。まあそもそも、みんな疎開しちゃって正規の引っ越し業者自体がもう東京にはないんだろうけど。

――政府機能分散プロジェクト。

強毒化したウイルスの存在は、すでに世界中に様々な形で知れ渡っている。いつ『あの街』で猛威を振るったウイルスが、自分達の暮らす街で暴れ出すかもわからない。

その恐怖に駆られた日本国政府は――早々に、残っていた東京都民への疎開勧告と、行政機能の分散させることを決定した。それに伴い、各省庁はそれぞれ別の地域に移転することになる。

ちなみに、文科省の移転先は岡山県《おかやまけん》の加賀郡《かがぐん》。移行期間は二週間ほどを予定していて……その間、文部科学省の機能はほぼ停止することとなる。

「……日和ちゃんがいれば、もっと強硬に進められたんだろうけどねー」

言いながら、なんだかわたしは笑ってしまう。

「まあ、こんな調子で人力で移転を進めてるんだから、それくらいかかるだろうね。仕方ないね～」

――日和ちゃんがいなくなって。

創始者でありリーダーである彼女が、〈天命評議会〉を離れて。それでもわたし達は活動を続けていた。彼女が抜けたあとに行われたミーティングや意見聴取で、確かに脱退者も少数出たけれど、ほとんどのスタッフが組織に残り活動を続けることを望んだ。

まあ、それも当然だと思う。

今進んでる事案投げ出したら、マジで世界的にヤバいことになるし。日和ちゃんがいなくなったから辞めるっていうのは、それぞれの中で評議会に入ったときの志と矛盾が生じちゃうだろうし。こういう状況になると、意外と大事になってくるのだ、まだ余裕があった頃の志みたいなものが。他に何もすがれるものがない中で、それだけが自分の人間性の最後の砦《とりで》みたいに感じちゃう。

というかそもそも――みんなもう、戻る場所なんてどこにもないんだ。世界中めちゃくちゃで、評議会を辞めたところで、元いた生活に戻れるわけじゃない。むしろ、ウイルスやらテロやら暴動やら災害やらに、ほとんど情報がないまま立ち向かうことになる。そうなれば、ちょっと無理をしてでも。お願いの力なしでも、活動を続けるのがクレバーな選択なんだ。

独裁者が死んでいるのに、それを隠す独裁国家ってこんな感じなんだろうなと思う。皆怖くてガクガク震えているのに、それまで通り自信満々で、自分に絶大な力があるかのように振る舞わなきゃいけない。大変ですねー、後継者を用意できない組織って。

「……牧尾さんは」

いつの間にか隣に立っていた安堂《あんどう》さんが、わたしに呼びかける。

「評議会に入る前は、東京の学生でしたね。どうですか、やはり住んでいた街がこんな風になるのは、胸が痛みますか……？」

「……あー、どうだろ」

わたしはちょっと考えてから、

「まあまあ、くらい？　そんなに出歩いて、遊んだりするタイプでもなかったですしー」

なんて素直なところを答える。

「そもそも、大学生だったのもたった二年くらいだけですしねー」

評議会スタッフには、マジでわたしと安堂さんが仲が悪い、と思っている鈍感くんが結構いるらしい。

確かに、みんなの前に出るときは、わたし達は言い合いをしていることが多いと思う。意見も立場も全然違うしね。まあそう見えるのもわかる。ていうかわたしもめちゃくちゃ煽《あお》ったりするし。

でも……実際は、そういうわけでもない。もうちょっと、複雑な関係なのだ。それぞれの立場を、意図的に守ってるところがあるというか。

安堂さんは、わたしが日和ちゃんにとって『同性の、年が近い側近』になればいいと思っていたっぽい。わたしはわたしで、こういう浮き世離れした初老男性がいた方が、評議会の説得力獲得に繋がると思っていた。

実際切れ者でもあるし善人でもあるから、ギスりがちな評議会にとってもヘラりがちな日和ちゃんにとっても、欠かせない存在だったんだろうなと思う。

「……そうですか。牧尾さんは、成績も極めて優秀だったと伺っています。他の学生がおろそかにするような課題も、教授が驚くような質で仕上げていたと」

そう言って、穏やかな笑みを浮かべる安堂さん。

「となれば、東京を満喫するような暇はなかったのかもしれませんね……」

へえ、そんなことまでちゃんと調べてたんだ。思ったより容赦なく裏取るタイプなんだな、この人。その辺は正直好印象。マジでただの善人だったら困っちゃう。でも、わたしはそれを顔に出さないままで適当風に答える。

「ですねー。あんまりお金もなかったですし。普通に勉強も面白かったですしねー」

「そのうえ——今やこうして評議会のリーダーになってしまったのですから。自由に出歩く、ということ自体、難しいでしょうしね」

——安堂さんの言う通り。今の評議会リーダーはわたしだ。

日和ちゃんの抜けたあと、幹部による検討と投票の結果、わたしが選ばれた。

まあ、妥当な人選だろう。他にその仕事を引き継げる人なんて、一人もいないし。

多分違う人に任せたりしたら、一週間と保たずに逃げ出しちゃうだろう。能力の問題じゃない。むしろ、どこまで人間性を放棄できるかの問題だ。この組織のリーダーに求められるのは、主にそこの強度だけだ。

そして、そんなわたしの補佐役に任命されたのが、日和ちゃんから継続して安堂さんだ。

これもまあ納得だ。彼くらいの安定感がないと、リーダー補佐なんてできるはずがない。

だから……こういう風に話しかけてくるのも。

わたしに声をかけてプライベートなことを聞いてくるのも、できる限りコミュニケーションを取っておく、みたいな意図があってのことなんだろう。

これからわたし達はリーダーと補佐として、二人三脚でやっていく。これまでみたいに揉《も》めるわけにもいかないし、ここは一旦関係を良好にしておこう、みたいな……。

「……ふう」

わたしは息を吐く。

嫌いではないけれど。評価もしているし頭も良いと思うけれど……この人は、やっぱりわかってないなあ……。

そんなの無駄なのだ。わたしと関係を築いたって、すぐに意味がなくなるのだ。

そのことに気付いていないあたり、マジで全然日和ちゃんのことがわかってなくて。

「……わたしがいて、本当に良かったねー」

ちょっと意地悪に笑いながら、わたしは安堂さんに尋ねる。

彼は、短くわたしの顔を見つめたあと、

「……ええ、そう思います」

誠実な表情で、声で、わたしにそう答えた。

「特に、日和さんが抜けてから。そのことを、とても強く感じます——」

＊

——週明け月曜日。

その日の授業が終わったあとの、ショートホームルームの時間。

「……よしやるぞ。みんな席に着け……」

最初から、何か空気がおかしかった。

壇上に立った担任、彼の様子が普段と違う。なんだか緊張気味というか、落胆しているように見えるというか。普段よりもちょっとよそ行きっぽいというか……。

……理由は色々考えられた。

例えば、ついに登校してくる生徒がクラスの半分を下回ったこと。相変わらず出席者は日々減り続け、なんと今日は橋本や天童さんまで家の都合で欠席している。

一時的なものだとは思うけれど、席がここまでスカスカなのは担任としては気落ちするものなのかもしれない。割と生徒とざっくばらんに付き合うタイプだったからな、うちの担任……。

他には……隣のクラスの池田《いけだ》先生が、ご実家の都合で教職を辞めることになったこと。

ここしばらくで、生徒だけでなく教師の側にも学校に来られなくなるパターンが頻発《ひんぱつ》し始めている。同僚がいなくなるのは担任も慣れっこだろうけれど、実は池田先生、担任と同世代の美人さんだ。しかも独身。生徒達の間では、担任は池田先生が好きなんじゃないかという噂があったりして、だから思い人がいなくなって落胆してるという説。

……どっちだろうな。両方だろうか。なんとなく、両方っぽい予感がするな。

そんな風に考えていたのだけど。

ちょっと大雑把で適当な担任の性格もあって、俺もゆるめに受け止めていたのだけど、
担任が切り出した話に——しばし声も出なくなる。

「……大事な話がある」

「——文部科学省の移転と、機能停止に伴う政府からの要請に、広島《ひろしま》県知事が同意した」

「よって——しばらくの間、この学校は休校となる」

——しん、と静まりかえった。

休校。文部科学省停止。まったく、聞いていない話だった。

短く間を開けて、恐る恐るといった様子でざわめきが上がり始める。

少し前だったら、休校だなんて皆大喜びだっただろう。降って湧いた長期休みに胸を躍らせただろう。けれど今、クラスメイト達の表情は不安げで、上がっているざわめきも押さえられた声色で。

だって……こんな急に？

短縮授業とかそういうのも何もなく、いきなり休校。

しかも、県内全域で？

不穏な気配を感じざるをえない。何か俺達の知らないところで、とてつもなく悪いことが進行しているんじゃないか。何かが取り返しのつかないほど、崩壊し始めているんじゃないか。

「まあ要するに、これを期に国の教育を見直すってことだろうな」

担任が、苦い表情で続ける。

「人員の再配置や、学校の統廃合もあるかもしれない。だから、と言うのもなんだが……休校期間中の課題も特になし。急なことでな、準備ができなかった。申し訳ない。各自感染予防に努めつつ、家の手伝いなどをして規則正しく過ごしてもらえればと思う」

「……え、い、いつ頃、休校は明ける予定なんですか？」

梶くんが、教室最後方の席から尋ねる。

「移転に関わるってことは……そのうちまた再開するんですよね？」

「……ああ、その予定らしい」

言って、担任は手元の書類を確認する。

「二週間ほどをめどに、再開となる予定だそうだ……」

「き、期末試験は⁉」

梶くんに続くようにして、別の男子が声を上げた。

「二週間休んだら……ちょうど期末試験期間にかかるくらいですよね？　それでも、やるんでしょうか？」

担任は、ブラックコーヒーでも飲んだように顔をしかめ、

「それに関しても未定だが……おそらくは、休校開けてすぐに実施、ということはないと思う。やるとしたら、年明けしばらくしたら、というような変則での実施になるだろうな……」

「――じゃ、じゃあ、二学期の成績は――」

「――冬休みが、振り替えになったりとか――」

「――外出とかは、これまで通り――」

――そんな風に、いくつかの質問が生徒達から上がる。

そしてそれに、担任がなんだか消化不良な回答をする。

きっと――彼にとっても、本当に突然のことだったんだろう。

何の前触れもなく休校が知らされて、何も準備をする余裕なんてなくて、生徒への説明も十

分にできなくて……。担任は酷《ひど》く悔しそうに、申し訳なさそうに質問に答えていた。

彼がこんな顔をするところを見るのは、初めてのことだった――。

そんな風にしてホームルームも終わり、休校となる。

最後に担任が俺達に言った言葉が、妙に耳に残った――。

「……教育がストップするなんて」

言って、彼はガリガリと短髪を掻《か》き、

「学校が閉鎖なんて、世界が終わるときだけの話だと思ってたよ……」

＊

「……残念、だなあ……」

「……ほんとだな」

「みんなと学校で過ごすの、楽しみだったんだけどなあ……」

「俺もだよ……」

――その日の、学校からの帰り道。

隣を歩く日和は――酷《ひど》く落胆した様子だった。

せっかく評議会を辞めて、存分に学生生活を楽しめるようになったところだったのに。

刑部さんや天童さん、梶くんとも話せるようになって、学校でも交流できるかも……なんて期待していたのに。

「……まあでも、例の週一の集まりはあるだろうからさ」

少しでも気分を上向きにしたくて、俺は日和に笑いかけてみせる。

「学校はなくなるけど、ゲーム大会は予定通り定期で開かれるだろ。感染状況的に、尾道《おのみち》はまだそこまで気にすることなさそうだし。ラインはなんとか繋がるから、約束して遊びに行けばいいんじゃないか？」

「それは……そうだけど」

うなずきつつも、日和の表情は晴れない。

「その約束があるのは、よかったと思うんだけど……やっぱり学校でも皆に会いたかったなあ……」

「だな。まあ、再開を楽しみにするしかないなあ……」

二週間。短いようで長い期間だけど、その間我慢するしかない。

それさえ明ければ、きっとまた楽しい毎日が戻ってくるんだ──。

「……再開、かあ」

「ん？　なんか気になるのか？」

ぼやくような日和の口調。なんとなく、引っかかる言い方だった。

彼女は言葉を選ぶように視線を落とし、

「……本当に、再開するのかなって」

なぜか申し訳なさげに、そうつぶやく。

「二週間後に、本当にまた学校始まるのかな……」

「……ああ」

正直、その懸念《けねん》は俺にもあった。

担任からの話を聞いていて、そこが引っかかっていた。

「だよな……なんか心配だよな。いつか元に戻るって説明だったのに、結局そのままなもの……沢山あるし」

――例えば、土砂崩れの現場。

――例えば、購買の商品の在庫。

――例えば、尾道《おのみち》から消えた観光客達。

そのうち元に戻ると言われていたそれらに……「そのうち」は、未だ訪れていない。元に戻すために何かしている気配すら感じられない。

だから……今回もそうなんじゃ、なんて予感がしてしまうのだ。

このままずっと、学校は開かないままなんじゃないか――。

「……」

……はっきりと、足下が崩れ始めた感触がある。

世界に混乱が広がった。これまで当たり前だったものが、姿を変え始めた。

その変化はじわじわと俺の身近に近づいてきて、ついに日常生活まで……学校に行くという、俺達の「当たり前」まで変えてしまった。

……どうなるのだろう。

俺達は、これからどうなっていくんだろう。

いつか本当に、元に戻れるんだろうか。お互い『普通の高校生』に戻れるんだろうか。

……いや。

隣の日和をちらりと見て、俺は気持ちを入れ直す。

……戻れるんだろうか、じゃない。俺が、日和にそれを味わわせてやるのだ。

日和は、俺を信じて評議会を辞めてくれた。勇気を出して、そこから距離を取ってくれた。

だとしたら――俺は責任を持ってその気持ちに応えるべきだ。この状況でできることを、可能な限りやるまでだ。

「……こうなったら！」

そこで俺は、無理に明るい声を上げる。

突然の声量に日和がビクリとするけれど――俺は彼女に笑顔を向け、

「もう、チャンスができたと思うしかないよな！」

「……チャ、チャンス？」

「そう……二人で遊びに行きまくるチャンス！」

ぽかんとしている日和に、俺は説明する。

「学校がない分、毎日だって一緒にいられるだろ！　もちろん、家で用事があってあんまり出歩けない、とかだったらあれだけど……どうだろ、割と家族でやること、ありそうか？」

「……う、ううん、ないと思う」

日和はそう言って、首をふるふると振る。

「評議会やってた頃のお給料、まだ大分あって……実はそれ全部、お父さんのお給料に混ぜ込んで口座に入ってるの。金額めちゃくちゃになるけど、それも気にしないでってお願いした上で。だから、生活に困るってことは、今のところそんなにないだろうし……物々交換してくれる人は、近所にもいるみたいだから……」

「だったら――」

と、俺はその場に立ち止まり。

「――行きたいとこ、全部行こう！　毎日会って、色んなとこ遊びに行こう！」

日和はきっと不安だろう。〈天命評議会〉を抜けてただの女子高生に戻って、以前のように状況をコントロールすることもできなくなった。

彼女は俺と同じようにただの非力な女の子で、自分と半径数メートルにしか影響を与えることができない。だからせめて……俺は前向きでいたいと思う。色んなことが不安定な毎日の中で、彼女にとっての変わらないものになりたいと思う。

「……うん！」

ようやく日和の顔にぽっと笑みが灯った。

「毎日会いたい。深春くんと、遊びに行きたい」

「よし、おっけー。じゃあ今から……やりたいこと全部リストアップしてみよう！」

「え、ぜ、全部!?」

日和はなぜかあたふたし始め、

「ど、どうしよ……多分、百個くらいあるんだけど……」

「よし、それ全部書き出そう！」

――そんなことを言い合って、俺と日和はスマホのメモに、二人でやりたいことをリストアップしていった。

＊

けれど、現実はそう上手くはいってくれない。

「――え、砂浜立ち入り禁止⁉」

「――ほ、ほんとだ……バリケード張られてる……」

――あの日の海に、二人だけで行ってみたい。

そう言われて彼女と到着したそこは――管理者がいなくなったせいか、あるいは何か他の危険があるのか、一般人の立ち入りができなくなっていて。

「――わ、閉店してる……」

「――えー！　この間まで開いてたのに！」

――一緒に服を選んで欲しい！

そう言われてやってきた、尾道《おのみち》でも数少ない服屋は……『商品入荷めどが立たないため、閉店させていただきます』なんてシャッターにかかげられていて。

「――あー、展望台、行けないんだ……」

「――確かに、土砂崩れしたところからも近かったもんね……」

――綺麗《きれい》な景色を一緒に見たい！

そう言われてやってきた千光寺《せんこうじ》付近は、山に登ることすらできなくなっていて。

さらには――、

「――ジュース、一本しかない……」

「――二人で、わけっこして飲もうか……」

――もうしょうがないから、ベンチでお話でもしていこう。

そんな話になって、やってきたコンビニは。棚がすっからかんで、ろくに飲み物さえ調達できなくて――。

「……ごめんなあ……」

日和から一口だけオレンジジュースを分けてもらいつつ、申し訳なさに俺は肩と落とした。

「色々したかったのに……全然上手くいかねえ。申し訳ねえ……」

休校から四日ほど経《た》った昼間。

駅の近く、海沿いのベンチの辺りは閑散としていて。観光客は当然として、それ以外の人の姿もほとんど見えなくて――。

季節外れの生ぬるい風に、どうにもやるせない気分になる。

「まさか、ここまで街が止まってるとはなあ……」

……全然ダメだった。

色んな場所に行こうとしたし色んなことをしようとしたけれど、一つも上手くいかなかった。ちょうど、学校が休校になったのに合わせて流通の量が一層減ってしまい……お店や施設を開くのがどうしても難しくなってしまったらしい。

そこまでとは。ここまですべてが止まるとは、まったく思っていなかった……。

「いいよ、仕方ないよお……」

眉を寄せて、日和は笑顔で首を振る。

「わたしも、こんなになるとは思ってなかったし……そもそも、深春くんと一緒に歩けただけでも、楽しかったよ？」

「……そうは言ってもなあ」

「深春くんだけの責任じゃないよ。むしろ……」

そう言って、日和はジュースの缶に視線を戻し、

「……こうなったのは、わたしが選んだことでもあるんだし」

自嘲《じちょう》するような表情に——俺はまた、自分が失敗したことを理解する。

……しまった、またこうなってしまった。また日和が、自分を責め始めてしまった。

日和は気にしているのだ。自分が〈天命評議会〉を辞めたせいで、尾道《おのみち》に起こった変化を。

これまでの優遇が全部なくなって、生活がどんどん不便になっていくのを。

わかっていたはずなのに。言い方には気を付けているつもりだったのに、またこの流れにし

てしまった……。

「……よ、よし、じゃあさ！」

　流れを変えたくて。なんとかここまでの失点を取り返したくて――俺は、とあるアイデアを思い付く。

「日和が……一番したいことを、教えてくれよ！」

「……一番、したいこと？」

「うん！」

　俺は日和に、深くうなずいてみせた。

「ほら、やりたいこと全部しようとしたら、上手くいかなかっただろ？　こんなご時世だし、前みたいに気軽に色々楽しむことはできない……」

「うん、そうだね……」

「だったら逆に――的を一つに絞るんだよ。一番やりたいことを決めて、なんとしてでもそれをやる。ちょっと難しいことであっても、一個だけであればなんとかなるかもしれないだろ？　準備したり、色々調べたりすれば。だから……なんか、日和的にこれは！　っていうの、あったりしないかな……？」

　例えば、綺麗《きれい》な景色が見たいなら。千光寺だけで諦めず、登ることができる山や高い建物を調べればいい。服を選びたいなら、知り合いにいらない服をもらって好きなものを探せばいい。

おいしいものを食べたいなら、材料を探して自分で作ればいい。

本気を出せば、このご時世でもそれなりのことができると思うのだ。

だから、

「日和が今一番、俺としたいことって……なんだろう」

一点集中で——それに賭ける。

これ以外、ないだろう。

「……一番、かあ」

つぶやいて、日和は遠い目をする。

ベンチの上で足をぶらぶら揺らしながら、彼女はうーんと小さくうなり、

「遊園地……行きたいけど、一番ではないかなあ。絶叫マシンとかオバケ屋敷《やしき》とか苦手だし
……」

「あー、確かに苦手そう……」

「うちに遊びに来てもらったり、頃橋くんの家に行くのも……これは、普通にできるもんね。

もうちょっと特別なのがいいかな……」

「だな、それはさすがに、簡単すぎるし」

「うーん……」

と、彼女はもう一度うなると、ふいに空を見上げる。

流れていく雲と、水彩画のような薄い水色。鳥が二三羽、海の上に円を描くようにして飛んでいる。山の方に目をやると、半月が白く、背景の青から浮かび上がるようにして覗《のぞ》いていた。

その中にいる日和は、とても絵になっていて。まるで月刊雑誌のカラーページの、恋愛もののヒロインみたいで――。俺は状況を忘れて、その姿をぼんやりと眺めてしまった。

「あ」

と、日和が声を上げる。

「……プラネタリウム！」

「……ほう！」

「一番したいこと！　わたし、プラネタリウム見たい！」

「なるほどね……」

プラネタリウム……か。確かに、それは良いアイデアだ。

デートの定番スポットだし、俺も小学生の頃広島まで見に行った記憶がある。とても綺麗《きれい》で幼いなりに感動したものだった。

どこからそんなアイデアが出てきたのかは、よくわからない。

今まで、日和がプラネタリウムが好きだなんて聞いたことはなかったし、そもそも話題に出てきたことさえなかったと思う。

けれど、

「いいな、プラネタリウム」

答えながら、俺はこくこくとうなずく。

「いい案だと思うよ。ちょっと、方法を考えてみるか」

確か、尾道《おのみち》近辺にはプラネタリウムのある施設はなかったはず。

それでも、調べたり探したりすれば、どこかしらやっているところがあるはず。

ほどよく、頑張り甲斐《がい》がありそうだ。

……ただ、

「……あ、ああー……」

日和はそこで、何かに気付いた顔になる。

そして、その声をちょっとトーンダウンさせ、

「……んー……ごめん、やっぱりやめよう！」

困ったように笑って、そんなことを言い出した。

「その案、やっぱり撤回します！　他のアイデア考えたい！」

「……え、なんでだよ？」

突然の変わり身に、ぽかんとしてしまう。

「結構、いい案だと思ったんだけど。俺も、プラネタリウム好きだし……」

「んー……それがねえ……」

口元に笑みを浮かべたまま、日和はぽりぽりと頬《ほお》を掻き、

「まだ評議会やってた頃、定期的に調べてたのね。まだ国内で、プラネタリウムやってる施設。いつか行けたらいいなって思って……」

「へえ、そうなんだ……」

評議会にいると、そういう情報も集められるんだな。

まあ、国の中枢に食い込んでいた組織なわけで、当たり前なのかもしれないけれど……。

「で、実はもう結構前に……全部閉鎖になっちゃったんだ、科学館とか天文台とか」

「え、マジで……!?」

「うん、電力も食うし、密閉した空間に人が集まるから、感染症対策の意味もあって……」

「ああ、なるほど……」

確かに、前にそんな話をニュースで聴いた記憶がある。

ライブハウスだとか劇場だとか、そういうスペースが政府主導で順次閉鎖となっているというニュースを。不特定多数の人が集まるのだから仕方がないと思いつつ、そこで働いている人達の生活はどうなるのだろうと心配にもなったものだった。

「だから……ちょっとさすがに現実的じゃないかなあって」

「……そっか」

「ごめんね……だからもうちょっと、考えてみるよ！」

「……うん、わかった」

残念だけど……そういう事情なら仕方がない。

施設がすべて閉鎖なら、さすがにどうしようもないのだ。

『お願い』を使えばどうにかなるかもしれないけれど、日和が望んでいるのはそういうことじゃないだろう。あくまで、普通に二人でプラネタリウムに行きたかっただけ……。

「うーん、何したいかなあ……」

――もう一度考え始める日和。

けれど、それ以上のアイデアは思い付かなくて。もう少しゆっくり考えてみようという話になって、その日は解散となった――。


「……そう言えば」

日和をフェリー乗り場まで送り、自宅に向けて一人坂道を上りながら。

ふと振り返って街を見下ろし、俺は思い出す。

――ずいぶん暑いから忘れてたけど。体感的には夏だし、今も半袖を着ているし、日和だって夏の装《よそお》いだから意識していなかったけれど……気付けばもう十二月中旬。

つまり――、

「……もうすぐ、クリスマスなんだな」

＊

「――調子はどう!?」

「――ああ、牧尾さん……」

立て続けのレクの合間。

エスカレーションをいくつか捌《さば》いてから、評議会の医務室を訪れると、

「すみません……アテンドできず……」

安堂さんがそう言って、苦しげにベッドから頭を上げようとする。

「いやいやいいよ、寝てなって」

言いながら彼を手で制し、わたしは手近なところにあったスツールに腰掛ける。

「そういうの、正しい姿勢にしてるのが重要なんでしょ。ちゃんと横になっててー」

「……すみません」

申し訳なさげに目を伏せると、安堂さんはもう一度ベッドに全体重を預ける。

その姿は、普通に弱ったおじいちゃんみたいな感じでなかなかにいたわしい。

いつものブランドもののスーツじゃなく院内着みたいなのを着ていることもあって、なんか普段よりも小さく見えるかも。

「で、どうなの？　経過は」

「幻肢《げんし》痛《つう》は、ようやく治まり始めました。感染症にもなっていませんし、近いうちに復帰はできるかと……」

「おー、それはよかったー」

「とはいえ」

言いながら安堂さんは、自分の左腕を――左腕のあった位置に視線をやる。

「この有様《ありさま》ですから、今後牧尾さんにはご迷惑をおかけしてしまうかもしれませんが……」

肩から二十㎝ほど。

その辺りで彼の腕は切断されていて、今はその断面に包帯が丁寧に巻かれている――。

――久しぶりの、戦闘行為だった。

新薬分配に関する紛争の解決のため、[redacted]共和国を訪れていたときのこと。

わたし達の乗った車列に、どこからの組織からの銃撃が行われた。

あそこまで派手な戦闘になったのは……わたしにとっては、二度目かな。

そして、〈天命評議会〉にとっては初めての、日和ちゃんなしでの戦闘となった。

結果はもちろん惨敗《ざんぱい》である。こちらも武装して抵抗したし、現地のＰＭＣに警護もさせていた。けれど、相手の戦力は想像以上。結果――評議会側は三人死亡、重軽傷者七人。

安堂さんは左腕に被弾して、切断手術を受けることになった。

「……すみません、ご心配おかけして」

「ん？　ああ、いいのいいのー」

自分の姿を恥じるような表情の安堂さんに、わたしはそう言って笑ってみせる。

「そうなったらそうなったで仕方ないし、まあ生きてりゃそれでいいでしょ」

「とはいえ、今後ご迷惑をおかけするでしょうし……」

「……んー……」

そのセリフに、わたしは一瞬考えてから、

「……多分、わたしはそんなに困らないよ」

なんて答える。

「そう、でしょうか……？」

「うん。実際に何か、わたしが不利益を被《こうむ》ることはそんなにないと思う」

そして――怪訝《けげん》そうにこちらを見る安堂さんに。

嫌な予感を覚えている様子の彼に、わたしはこう言葉を続けた。

「困った顔をすることになるのは――別の子だよ」

――安堂さんは、ハッと息を呑《の》む。

その表情に、あっという間に緊張が戻ってくる。

……この人も、本当に鈍感だなあ。まだ、あの子の言葉真に受けてたの？　あの子の言った通りに、なると思ってたの？　ずいぶんお年は召されてるけれど、女心は全然ご存じないようですねー。

「……牧尾さんは」

安堂さんの、わたしを呼ぶ声が震える。

「彼女を……あの子を、評議会に引き戻すつもりなんですか？」

「ううん、全然」

あっさりそう言って、わたしは首を振る。

そういう言い方になる時点で、やっぱりこの人全然わかってないんだよなあ。

「わたしは別に、どうにもしないよ」

「じゃあ、なぜ……」

「そもそも、そうなるに決まってるんだよ」

「……決まってる？」

「そう。決まってる。ていうか、どう見てもそうじゃない？　安堂さん、わかんない？」

「……わかりません」

「ふうん……。まあ、そうか」

そう言うのも、仕方ないかもしれないなー。確かにわたしも、何考えてるかわからない相手とかたまにいるからなあ。最近だと、頃橋くんとかちょっとそういうところある。だから、日和ちゃんが彼に惹《ひ》かれたのが、わたしはよくわかるのだ。

「……ともかくまあ、あの子のためにもできるだけしっかり治してね」

それだけ言って、わたしはスツールから立ち上がる。

もう言いたいことは言ったし、仕事も山積みだしさっさとお暇《いとま》しよう。

けれど、最後にちょっと意地悪したくなって。露悪的なことを、言ってみたくなっちゃったりして——。

「……あの子が目を覚ますまでに。評議会に、何人死人が出るでしょうねー」

そんなことをつぶやきながら、医務室をあとにした。

安堂さんは——視線を布団《ふとん》の上に落として。一言も発しないまま、一人思い詰めるような顔をしていた——。

＊

——なんとなく、部屋の整理をしていた。

三畳ほどの、狭い俺の部屋。

本棚とテレビとゲーム機、布団《ふとん》くらいしかないこぢんまりした空間。

ネットも電気も繋がらなくなり始めて、生活に少しずつだけど変化が起きている。

それに合わせて、なんとなくものを置く場所を調整したくなったのだ。

……あと、なんかまた、そのうち日和が家に来そうな気もするし。

そのときに備えて、ちょっとでも綺麗にしておきたかった。恥ずかしいものとかも隠しておかないと……。

「……古い本、前に出しとくかー」

本棚の中は、自然と新しい本やゲームが表に出て、古い本、ソフト類が後方に隠れていく。

けれど、今後は同じ本を何度も読み返す機会が増えるだろう。

ソフト類を後ろにひっこめて、書籍類を新旧問わず前に引っ張り出しておきたい。

そして、そんな風に作業をしていた結果。

「わー懐《なつ》かし！　こんなの読んでたなー！」

当然——そんな流れになった。

奥に隠れていた、小中学生の頃買った本や漫画達。

もうずいぶん時間が経《た》って、ストーリーも忘れてしまったそれらと再会したのだ。

今だったら買わないような、無邪気な表紙デザインの本がずらり……。

これは……今読んだら新鮮かも。ちょっと、あとでざっと目を通してみよう。

そしてさらに、

「うお、ＣＤだ……！」

まだ、スマホを手に入れる前。親に買ってもらった何枚かのＣＤが出てきた。

国内のロックバンドのものが数枚。これも、リピートして何度も聴きまくったなあ……。

もちろん、今もこういうオルタナティブなロックバンドは聴くけれど、基本ネット経由でダウンロード購入したりサブスクだったりだから、物理媒体自体に懐かしい感触を覚えてしまう。

そんなことを考えながら、ジャケットを見ていて。それぞれのアルバムの曲順一覧を見ていて、とあるタイトルが目に飛び込んできた。

「……ああ、好きだったなこの曲」

中学の頃、ハマった曲だった。最初はそんなに良さがわからなかったけれど、聴いているうちにどんどん好きになって、最終的には一曲リピートで延々聴いた曲。

しかも、

「……そうか、こんなタイトルだったよな」

そこがちょっと今の俺に引っかかった。タイトルになっている『単語』が、どうしても俺の目を惹《ひ》くのだ。

「……久しぶりに聴いてみるか」

スマホにも入っているから、検索してスピーカーで再生してみる。

流れ出す、美しいミディアムテンポの曲。

しばらくすると響き始める、ボーカルの特徴的な声。

「……うん、やっぱ良いな」

久々なせいかそれとも俺の感性に変化があったのか。以前聴いたときよりも、その曲は沢山の情報を持っているように感じられた。なんだか新鮮に感動できて、新たな一面に気付けた気がして……久々に聴いてみてよかったなと、そんなことを思う。

「……そうだ、歌詞カード」

ふと思い付き、アルバムジャケットを引っ張り出して歌詞カードを読んでみる。

前々から歌詞を読んだり解釈したりするのは好きだったけれど、今ならまたこれまでと違ったものが見えてきそうだ。

そして――、

「……お、おお……」

その曲の歌詞に。歌われるフレーズに――とてもあっさりと、俺にとっての「名案」が描かれていたことに気が付いた。

「……そうか、その手があったか！」

思わず――その場に立ち上がった。

「どこでもやってないなら――こうすればいいんだ！」

第3話 —— 三畳の宇宙

「――プラネタリウムを作りたい?」

翌朝、卜部《うらべ》の家に出向いて昨日の思い付きを説明すると。さっきまで寝ていたんだろう、卜部は眠そうに目をこすりあくび交じりに尋ねてくる。

「どうしたん……急に……」

おお……なんかマジ眠そうだな。もうそんな早い時間でもないというか、すでに九時過ぎなのに。さては、休校になって早速ダラダラしてるな? ここぞとばかりに惰眠《だみん》をむさぼったな?

まあいいか、今はそれより大事な話がある。

「俺、思い付いたんだよ!」

俺は昨日のテンションそのままに、彼女に説明する。

「日和《ひより》とプラネタリウムに行きたいんだ。けど、どこもやってないらしいから――自分で作ろうと思ったんだよ!」

――『プラネタリウム』。

それが昨日、久しぶりに聴いた曲のタイトルだった。

歌詞の主人公は若い男性。彼が大切な人、手の届かない遠くの誰かを思って、プラネタリウムを手作りするという内容の歌だ。

――これだ、と思った。

ないのなら、作ってしまえばいい。

俺自身が材料を集めて、自宅の天井に星を投影できるプラネタリウムを作る。

そしてそれを——クリスマスプレゼントとして、日和にサプライズで渡すのだ。

もしかしたら……まあまあ作るのは大変なのかもしれない。そうやってできたもののクオリティだって、どれほどのものになるかわからない。なんか、すごくショボくなる可能性もあるだろう……。

でも歌を聴く感じでは、主人公は割とさっくりプラネタリウムを完成させることができていた。世界がこんな風になる前には、自宅用のプラネタリウムが人気だっていうニュースを見たこともあった。

てことは、本格的で大がかりな用意がなくてもそこそこのものは作れるはず。頑張れば、日和を喜ばせることだってできるはず！

「……で」

そこまで説明しても、卜部は相変わらず眠そうな顔でお腹《なか》を掻《か》いている。

「なんでそれを、わたしに言いに来たの？」

「ああ、それがさ……作ることにしたのはいいけど、今ネットもあんま繋《つな》がんないだろ？」

「んん、まあね……」

「だから、作り方がわかんなくて……。で、考えてて思い出したんだ。なんか小さい頃、卜部の家で読んだ本に、プラネタリウムの作り方が載ってるのがあったなって。ほら、凜太《りんた》のために買ってた、子供向けの科学雑誌みたいなヤツ」

「……あー、あったね」

視線を上げ、卜部は思い出した顔になる。

「なんか、毎月送られてきてたヤツ。わたしもあれ読むの好きだったな……」

「そうそう！　だから、あれを見せてもらえれば、まずは一つとっかかりが出来そうかなって！」

「……おっけ、じゃあ貸すわ」

言いながら、家に戻ろうとする卜部。

そんな彼女に、

「……あ、あと！」

ちょっと躊躇《ためら》ってから——俺はそう呼びかける。

そして、不思議そうにこちらを振り返った彼女に、

「……もしよければ……作るの、手伝ってもらえると助かる……」

——一人でやるのは、ちょっと無理がある気がしていた。

俺はそんなに、手先が器用な方ではないし。できたものを客観的にいいかどうか判断できなそうだし。それほど時間もないから、間に合わせることができるかもわからない。

だから……卜部を誘ってみたいと思ったのだ。がさつな性格の割に手先は器用。できたプラネタリウムに率直に意見もくれるだろう。

……正直、完全に俺の身勝手だ。

協力する義理なんて卜部にはないし、こんな時間まで寝ていたんだ。めんどくさがられる可能性が高いと思う。それでも、言うだけ言ってみたいと思った。日和のため、というのを置いておいても、こいつと何かを作るのは楽しそうでもあった。

緊張気味に返事を待っていると……卜部は短く沈黙してから。呆《あき》れたような。そして、どこかくすぐったそうな笑みを浮かべる。

「……しょうがないなあ」

そして、ため息交じりにこう答えてくれた。

「わたしも暇だしね。協力して進ぜよう」

――早速、卜部家で件《くだん》の科学雑誌を確認。作業の手順を把握してから、実際に試作してみることになった。

まず材料として必要なのが、スマホ、段ボール箱、アルミホイル、工作用具などなど。

このプラネタリウム。構造としては非常にシンプルなものらしい。段ボール箱の一面に星図を模して穴を開けたアルミホイルを貼り、反対側からスマホで照らして光を天井に投影する、というもののようだ。

なるほど……これなら小学生でも作れそうだ。

お陰で必要なものも極めてシンプル。なおかつどこの家庭にもあるようなものなので、卜部家ですぐに集めることができた。

唯一困ったのは——星の型紙だ。

つまり、星空を天井に映し出すための、穴の空いた星図板。

アルミホイルに穴を開けるためのガイドみたいなものである。

科学雑誌にはURLが表記されていて、このサイトから型紙データをダウンロードし、印刷してお使いください、なんてあったけれど、

「……あ、うちのプリンタインクないわ」

卜部がそれを読み、思い出したような声でそう言う。

「深春《みはる》んちは？」

「あーうちもだ。物資不足になってから、全然手に入んなくて」

「だよね。ていうかインクあっても、そもそもネット繋《つな》がらないしね……」

となると、型紙も自作するしかないだろう。

色々考えた結果、雑誌自体に載っていた星図を参考にして、手書きで型紙を作ることにした。

ここはクオリティ的に重要な気がするけれど……ひとまずは試作の段階なんだ。とりあえず最

後まで作ってみようと思う。

ということで、材料が集まり。早速卜部の部屋で実際の作成に入った。

「わたし、段ボール箱の組み立てとかするから、深春は型紙系ね？」

「おっけ、頼むわ」

言い合って、各自黙々と作業に入る。電力不足の昨今だ、暑いけれどエアコンはつけられないから、窓だけすべて開け放ってある。蒸した空気がときおり風で攪拌《かくはん》されて心地いい。

こういうとき、相手が卜部だと完全に無言になっても気まずくなくてありがたかった。日和相手だったりするとやっぱり楽しんで欲しいから、頑張って話題とか考えちゃいそうだしな……。

そんなこんなで、がっつり集中して小一時間制作を続け。途中、様子を見に来た凜太と軽く話したりしてから——プラネタリウム、試作一号が完成する。

「よし、早速試してみよう」

「おう！」

言い合って、俺達は部屋のカーテンをすべて閉め、電気を消す。

……うん、ちょっと光は漏れてくるけど、これなら十分試せるだろう。

そして、スマホの背面ライトを点灯。

それを天井に向けて床に置き、その上に作成した段ボール箱をかぶせると、

「――おお、いいじゃんいいじゃん！」

「――割と本格的だな！」

真っ暗な天井に――星空が現れた。

明るさのそれぞれ異なる、三百個ほどの光の粒達……。

ぱっと見の雰囲気は、非常にいい。

結構リアルに、プラネタリウムの感じが出ていてテンションが上がってしまう。

「こんな簡単に、ここまでのプラネタリウムが作れるんだね……」

「おお、すごいな……」

しばらく、二人で即席の星空を見上げてしまった。

ちょっと歪《いびつ》だけど、星座を描いて並んでいる星達。まさかスマホのライトによって作られたものだとは思えないほど、その光景はロマンチックだった。

……うん、これなら日和も喜んでくれるはず。きっと、満足してくれるはずだ。

ただ、

「……こうなると、欲が出てくるな」

「欲？」

一通り、動作の確認を終え。

部屋のカーテンを開けながら、俺は言う。

「この短時間で、これだけのものができたなら……もっと頑張れば、もっと良いものができそうだろ？」

「ああ、それはそうだね……」

「確かに、今回のは今回ので良かったけど……やっぱ、細かく見ると完璧ではないわけだよな。穴開けるの失敗したとこは星の形が微妙だったり。星座の形も、俺のフリーハンドだからちょっと変だし。あとやっぱ、星の数がもっと多い方がよりグッときたと思うし」

「確かに」

「他にも、なんか改善の余地はあると思うんだよなあ。もっと本物のプラネタリウムっぽくする余地というか……。見せる予定は、クリスマスなんだ。だからそこまでに、もうちょっと改良したいな」

「……ふうむ」

　言って、卜部は畳にあぐらを掻き腕を組む。

「でも、具体的にどうやってやる？　この作り方だと、割と限界ありそうだけど」

「そこなんだよなあ……」

　言い出したはいいけれど、完全にノープランだった。

　単に、もっと気合いを入れて作ることはできるだろう。

　穴の数を何倍かに増やすとか、穴開けを丁寧にやるとか……。

けれど、それだと現状から大きく印象は変わらない気がする。

何かこう、根本的に作りをレベルアップする方法はないだろうか……。

「……みんなに聞いてみる?」

卜部が、思い付いたようにそんなことを言う。

「ほら、三本橋の残りのメンツとか。あいつらなら、親身になって協力してくれそう」

「あー、確かにそうだな」

なんだかんだ言って友情に篤《あつ》いあいつらのことだ。「はー、ブルジョワ様のお手伝いかよ!」くらいのことは言われるかもしれないけれど、しっかり話は聞いてくれるだろう。

「それから、せっかく最近奈々《なな》とかとも仲良くなったじゃん?」

と卜部は続ける。

奈々——刑部《おさかべ》さんの名前だ。彼女、フルネームでは刑部奈々という。

「あの子達もすげえ良いヤツらだから。きっと力になってくれるよ。わたしと同じで暇してるだろうし。だから、その辺含めてみんなに相談してみたら?」

「……確かに、それはありかもなあ」

腕を組みうなずきながら、ちょっと考えてみる。

現実的に言えば……有益な情報が手に入るかはかなり微妙なところだ。

手作りプラネタリウムの知識なんて、そんなものを持っている高校生なんてほとんどいないだろう。手元に資料があるヤツだってほぼいない気がする。聞いてみたところで、なんとかなる可能性は低いだろう。

けれど——、

「……聞くだけ聞いてみるか」

スマホを起動して、俺はラインを立ち上げる。

「まあ、それで損したり迷惑かけたりするわけじゃないしな……」

なんとなく、彼らとは理由を付けて、こまめに連絡を取っておきたかった。

学校で会えなくて残念なのもあるし……交流を深めておきたい気持ちもある。ここで疎遠になれば、本当に俺の世界が狭まってしまいそうだった。家族や卜部家、日和以外とも、日常的にやりとりを続けていたい。

ということで、日和以外のメンツでトークの部屋を作成した。そして早速そこに相談内容を投げてみる。

頃橋《ころはし》深春『みんな、ちょっと相談したいことがあるんだけど』
てんどー『おっ！』
てんどー『（どうしたどうした？　と首をかしげるゆるキャラのスタンプ）』
橋本《はしもと》『珍しいね、頃橋からラインなんて』

OH☆HASHI『どうした？　恋の相談かー？』

あっという間に投稿に既読がつき、皆からの返事が返ってくる。
ト部の言う通り、学校がないせいで彼らも暇をしていたのかもしれない。

頃橋深春『実は今、クリスマスに日和にサプライズをする準備をしてて』
頃橋深春『手作りプラネタリウムを作って、見せたいと思ってるんだけど』
KJ『おお、いいね！』
KJ『(サムズアップする日本代表サッカー選手のスタンプ)』
OH☆HASHI『頃橋お前、意外とロマンチストだな』
頃橋深春『今日、試しに作ってみたし、まあ悪くないんだけど…もうちょっとよくできそうな気がするんだ』
絵莉《えり》『普通に綺麗《きれい》だったんだけど』
絵莉『もっと感動するようなのにしたいんだって』
KJ『ん？』
KJ『頃橋くん、絵莉と一緒に作ったの？』
頃橋深春『おう』

頃橋深春『まあなんか、人手が足りなくてな』
ＫＪ『へえ』
うお、梶《かじ》くんに食いつかれた。卜部と一緒にいるの勘づかれた……。
へえ、って何だよちょっとこえーよ……。まあ、何かされたりとかはないと思うけど。卜部もその辺警戒して、色々ぼやかしてくれよ……。
頃橋深春『で、ちょっと俺の知ってる範囲だと、これ以上の改良ができなそうでさ』
頃橋深春『なんかみんな、自作プラネタリウムの良い作り方知らないかな』
頃橋深春『詳しい人、いない？　あるいは、資料持ってるとか』
みんなからの反応が、ストップする。
それまでのテンポのいい返信が止まって、画面はピクリとも動かなくなる。
そして、数十秒ほどしたところで、
てんどー『ごめーん、わたしはちょっとわからないかも』
ＫＪ『俺もだな…ごめん、できれば力になりたかったんだけど』

橋本『僕もちょっとわからないかなあ…』

　ぽろぽろと、申し訳なさげな間を開けて、そんな返事が返ってきた。

「まあ、そうだよなあ……」

　そりゃ、こうなるに決まっているだろう。普通、プラネタリウム作りのコツなんて知らないに決まっている。さすがにそんな、都合良くはいかないだろう……。

頃橋深春『そうか、みんなありがとう』

頃橋深春『反応してもらえただけでも助かったよ』

　小さく息を吐き、そんな風に返信した。

　やっぱり、自分で色々試してみるか。それこそ今のプラネタリウムの、型紙を改良するところから。やってみれば、見えてくるところもあるはず。

　それに……皆に相談してみてよかったとも思う。

　こんなに親身に返事をくれるなんてな。しかも天童《てんどう》さんや梶くんが。ちょっと前の俺だったら、想像もできなかったような状況だ。そのことは素直にうれしく思う。

　なんて、一人ほほえんでいたタイミングで、

OH☆HASHI『ちょっと待った』

大橋《おおはし》が、そんなことを言い出す。

OH☆HASHI『俺、超良いもの持ってるかも』

＊

「――これこれ、どうだろ……？」

「――おお、これか……！」

その次の日、開催された第二回ゲーム大会。前回同様、皆が大盛り上がりする中。

こっそり廊下に抜け出した大橋が、俺と卜部に鞄《かばん》の中身を見せてくれる。

「……うおーすげえ、ちゃんとしてる!!」

「まさに欲しかったヤツじゃん！」

ホームプラネタリウムの――組み立て式原盤があった。

ちょっと前に話題になった、大人向けの工作雑誌。その付録についていた手作りプラネタリウムキットの、未開封星図原盤が……鞄《かばん》の中にあった。

黒い樹脂製、組み立てると手の平サイズの正十二面体になる。

その中に光源を入れて星を投射する形だ。

そして、袋に書いてある説明によると——投影される星の数は、なんと一万個近くにもなるらしい。つまり、俺達の作ったプラネタリウムの、三十倍だ。

さらには、天井向け一面だけじゃなく様々な方向に投影できるらしくて、星の等級によって投影される光の大きさも変わるらしくて……もうこれは、気になっていた弱点を完璧に補えるパーツだ。おあつらえ向きすぎて、不安になるほどだった。

「ど、どうしてこんなの持ってるんだよ……！」

驚きのあまり、声がちょっと大きくなってしまう。

「大橋、プラネタリウム作りとか、趣味だったのか⁉」

「いやいや、そうじゃなくてさ」

なんだかくすぐったそうに、大橋は頬を掻《か》いている。

「俺んち、本屋だろ？　で、前にこの本がめちゃくちゃ流行《はや》ったとき、原盤だけの追加注文が結構あったんだよ。そこだけ出版社から買うことができるから、改造用に何個も買ってくれる人が結構いて。それで、いくつか入荷したんだけど、出版社側が間違って一個多めに送ってきてくれて、そのまま余ってたんだ……」

「なるほど、すげぇ偶然だな……」

「だから、ほらこれ」

言って、大橋はそれをこちらに差し出してくれる。

「やるよ、いつも弁当分けてくれてたお礼でさ」

「ありがと……ってか、いいのかよ？」

受け取りかけて、俺はふと不安になって尋ねる。

「人気だったってことは、今からでも売り物にできるんじゃないのか？　今、本もなかなか入荷しないんだろ？　だったら……なんとかして、売った方がいいんじゃないのか？」

大橋の家は、この尾道《おのみち》でも人気の本屋だった。

俺もよく大橋書店で本を買ったし、個人的にひいきにしていた。けれど、このところの混乱をきっかけに一時的に大きく売上げを落としたあと——入荷がパタリと止まったらしい。流通が、完全にストップしてしまったそうなのだ。

結果、今は古本の買い取りなど新たな事業を始めていて、なんとか軌道に乗り始めているらしいけれど……。そんな中、こんなものを、俺がもらっちゃっていいのか……。

「やーいいのいいの！」

大橋は、けれど明るく笑ってそう言ってくれる。

「どうせだったら、頃橋に使ってもらいたいし。葉群《はむれ》さんにも喜んでもらいたいからな」

「……そっか」

うれしさで口元をもごもごさせながら、俺はその原盤キットを受け取る。

「すげえ助かるよ、マジでありがとう……」

「すごいね……これがあれば、マジで良《い》いプラネタリウム作れそう」

卜部もこちらを覗《のぞ》き込み、うれしげに目を細めている。

「やるじゃん大橋。わたしもまた、友達連れてお店お邪魔するわ」

「……役に立てたならよかったよ」

言って、大橋は鼻の下を掻いている。

「サプライズ終わったら、またどんなリアクションだったか教えてくれよ？　あの子だったらすげえ喜んでくれそうな気がするから、楽しみだ……」

……本当に、感謝してもしきれないと思う。

こんなにもピンポイントで、必要なものを持っていてくれるなんて。しかもそれを、無償で譲ってくれるなんて……。

この恩は、しっかり覚えておこう。そして、できるタイミングで恩返ししていこう。

また何か、食べ物を分けるでもいいかもしれないし、もっと他のことでもいい。

ちゃんと、大橋の好意にお返しを――、

「――深春くーん？」

――声がした。

ふすまを隔てた向こう、ゲーム会場となっている居間から、日和の声がした。

「そこにいるのー？」

三人の視線が――一瞬で交錯する。

――ヤバい。

――内緒話してたの、見つかるかも。

そして、短く間を開けて。

「ねえ、深春くーん？」

言いながら、ふすまを開ける日和。

――瞬間。

大橋と卜部が、勢いよく物陰に隠れた。

――ナイス！

――卜部家に隠れられるとこがいっぱいあってよかった！

ただ結果として、俺だけがその場に取り残されて――、

「……あれ、何してたの？」

日和は後ろ手にふすまを閉めると、不思議そうに首をかしげた。

「あ、いや……その、ちょっとトイレに行ってて！」

慌てて、俺はそんな風に言い訳を繰り出す。

「そのあと、一人でちょっと考え事してたんだ！」

「考え事？　こんなところで……？」

相変わらず、怪訝《けげん》そうな日和。

やべ……不審がられてる。いやそりゃ確かに、ふすまの前で考え事とか全然意味わかんないけど……。

俺は額に汗が浮かぶのを自覚しながら、

「……ほ、ほら、刑部さんのこと！」

無理に笑顔を浮かべ、日和にそう説明する。

「なんか、連絡つかないし、今日も不参加だろ……だから、どうしてるのかなって」

「……ああ、そういうことかあ」

日和はそう言うと、不安げに視線を落とし、

「どうしたんだろうね。何か、起きたりしてないといいんだけど……」

――そのことに気付いたのは、先日。

プラネタリウムの相談を、みんなに投げたタイミングのことだった。

刑部さんだけ返事をくれない。どれだけ会話が盛り上がっても、彼女が現れない。

さらに言うと……その場のトークについた既読の数は、最後まで五のみ。

卜部、梶、天童、大橋、橋本、刑部の六人がいるはずなのに……一つ足りない。

……どうやら彼女は、ラインをチェックできない状態にあるらしい。

卜部によると、彼女が個人的にメッセージを送ったり通話をかけたりしても、反応がなし。心配になって家を見に行ったけれど、誰もいない様子だった、ということだった。

……正直、かなり不穏だ。

何が起きているのか、全然わからない。

だからせめて……ちょっと出かけているだとか。電波の届かない地域に行っているとか、それくらいだといいのだけど、と思う——。

「……あ、で、深春くん」

そこまで考えたところで、日和は思い出した顔になる。

「あの、今日このあと……深春くんの家、遊びにいってもいい？」

「ん？　俺の家？」

「そう、最近お邪魔してなかったし、お母さんにもご挨拶したいし……」

言って、日和ははにかむように唇を噛むと、

「なんか……また二人にもなりたいし」

「ああ、なるほど……」

そういうことか、その話がしたくて出てきたんだな。

だとしたら、俺もそういうのは大歓迎だ。

「もちろん構わな――」

――そこまで言って。

反射的にＯＫしかけて――けれど俺は気が付く。

「……あ、やっぱダメだ！」

「え、ダメ……？」

「そう、今日はまずいんだ……ちょっとその、散らかってて！」

――プラネタリウムが、置きっぱなしなのだ。

改造のため、分解してバラバラになったプラネタリウムが部屋に置きっぱなしなのだ。

しまった、すっかり油断していた。まさかこんな急に、家に来たいと言われるなんて……。

「……散らかってる……？」

日和は不審そうに、目を細めて俺を見ている。

……なんか疑われてる？　隠しごとしてるの、バレたか？

けれど――ふいに日和は何かに気付いた顔になると、白い頰をぱっと染め、

「あ、そ、そうか……なら仕方ないね！」

慌てふためきながら、そんなことを言い出す。

さらには、

「頃橋くんも……男の子だもんね。そういうのの一つや二つ……家にあるよね……」

「……ん⁉」

男の子⁉　そういうの⁉

日和……なんか勘違いしてないか⁉

「え、ちょ、そういうことじゃないよ！　俺はただ——」

「——ううん！　いいのいいの！　ごめんね急に変なこと言って！　じゃあ、わたしゲームに戻るから……」

「ちょ、待った！　本当に違うんだって！」

慌てて日和に追いすがり、必死でそう主張したけれど。

彼女が俺の話を聞き入れてくれたかどうかは、正直微妙なところだった——。

＊

そして——それから数日。クリスマスの直前。
狭い俺の自室で作業をしていた俺と卜部は、

「……完成、したな」

「……だね」

顔を上げると、そう言ってお互い笑い合う。

ようやく――出来上がったのだ。

大橋がくれた原盤、それを取り込んだ、手作りのプラネタリウムが――。

――なかなかに、改造作業は大がかりなものになった。

原盤を組み立てた正十二面体。それを組み込もうとすれば、構造の大幅な変更が必要になる。

以前のように、段ボールにアルミホイルを張ってかんせーい！　とはいかない。

さらに言えば――その原盤を活《い》かすには、これまで不要だった『とある仕組み』が必要になる。手元にある道具だけでそれを実装するのは、本当に大変だった。

けれど――卜部の協力もあって、なんとかそれも乗り越えることができた。

そして実際、試しに点灯してみたプラネタリウムは、

「……」

「……」

二人して無言になるほど、素晴らしい星空を投射してくれた。

ああ……これなら、完璧だ。

背筋が粟立《あわだ》つのを感じながら、俺はそう思った。

本当に、プラネタリウムを見に来たみたいだ。

いや――あるいは、それ以上かもしれない。

『この感覚』は、この不思議な気分は……本物のプラネタリウム以上かも――。

……うっかり、そのまましばらく見とれていそうになる。ずっとこの星空の中、ぼんやりしていたくなる。

けれど、

「……はーいおしまい」

言って――卜部が部屋の電気を点けてしまう。

さらに、彼女はカーテンを開け、プラネタリウムの電源を切り、

「ほら、さっさと片付けよ」

そんなことを言いながら、道具の片付けさえ始めてしまう。

「えーなんでだよ！　もっと見たかったんだけど！」

「……何言ってんの」

言いながら――卜部は完成したプラネタリウムを、俺の胸元に突き出した。

そして、あくまで何食わぬ顔で。ごく冷静な声色で、

「元々、日和と一緒に見るために作ったものでしょ？」

「……お、おう」

「だったら、できるだけ最初の感動も、日和と味わわないと」

――それは、意外な言葉だった。

卜部は、自分は変わるつもりがないと言っていた。

俺に日和という彼女ができようが、幼なじみとして俺を譲ったりするつもりはないし、遠慮して距離を取ることもしないと。

そして実際、彼女はその言葉通りに行動していて。日和がそれに、複雑な感情を抱くことだってあった。

なのに、

「……どうしたんだよ」

――日和と見るためでしょ？

――日和と味わわないと。

「これまでの卜部だったら……絶対そんなこと言わなかっただろ」

むしろ、不満を訴えていてもおかしくなかったと思う。

自分は準備に散々付き合わされて、面倒な作業までやらされて。なのにそれは全部、俺と彼女が楽しむためのもの……。

そんなの、不満に思われても仕方がないし、むしろ俺でも同じことされたら若干微妙な気分になりそうだ。

だから、何か卜部にはしっかりお礼をしようと、そんなことも考えていたのだけど、

「……いいんだよ」

卜部はそう言って、薄く笑う。

「ここまでの時間の方が、価値があるから」

「……ここまでの時間？」

「そう」

卜部は、はっきりとうなずいてみせる。

「深春は――プラネタリウムを作るのを、誰より先にわたしに相談してきた。それだけじゃない、ずっとわたしと一緒にプラネタリウムを作った。その相手をわたしに選んだ」

「……そうだな」

「そのことの方が、サプライズでプラネタリウムを見せてもらうよりも、ずっと価値があるとわたしは思う。むしろ日和に申し訳ないくらい。だから……」

そして――卜部はもう一度小さくほほえみ。

珍しく、柔らかい声で言う、

「――サプライズのときくらいは、二人にちゃんと楽しんでもらおうかなって」

……ああ、と。

なんとなく、理解できた気がした。

日和と卜部の関係は、今でも複雑なものだ。お互い好意があるようにも、敵意があるようにも見える。きっと、簡単に切り分けられるような間柄ではない。

けれど——少なくともそこに、尊重の気持ちはあって。

自分を大切にしながらも、相手にもきちんと敬意を払っていて——。

だから、

「……ありがとう」

ようやく少しだけ、安心できた気がする。

卜部と日和の、これからに関して。どこかずっと不安だったそこに、一息をつく余地ができたように思う。

「ありがとな、卜部……」

「ううん。礼を言われるようなことじゃないんだって」

——そして、そんなタイミングで。

「——深春ー！　絵莉ちゃーん！」

階下から——母親が俺達を呼ぶ声がする。

……なんだよ、せっかく大事な話をしてるところだったのに。こういうときに母さんの声が聞こえると、マジでテンション下がるんだよなあ。雰囲気も台無しだし……。

なんて、脳内で毒づきつつ、

「……あー⁉　どうしたー！」

なんて叫び返すと、

「――学校から、手紙が来たー！」

母親は、大声でそんなことを言う。

「授業――再開するってー！」

＊

――座席は、半分ほどが埋まっているだろうか。

休校から、ちょうど二週間ほど。抱いてきた不穏な予感とはうらはらに、もう一度やってきた教室にて。

チャイムが鳴ると同時に、担任が教室にやってきて壇上に立つ。日直が起立、礼、着席の号令をし、俺は二週間ぶりにそれに従う。その光景は、あくまでこれまで通りで。以前とは、大きな違いがあるようにも思えなくて。

……存外、大変な状況でもないのだろうか。

自分の席に腰掛けながら、俺はそんなことを考える。

世の中の状況を見れば、学校が再開する可能性は低いと思っていた。このままずるずる開かないままで、いつの間にか廃校になったり……そんなことになる気がしていた。

けれど、こんなに予定通り元に戻るなんて。

辺りを見回すと、クラスメイト達もどこか落ち着かない様子で、壇上の担任を見ている。

――クリスマスの少し前。

年の瀬も近いのに、相変わらず気温は二十度を下回ることがない。景色も皮膚感も、どうしても暦の上の季節と合致してくれない。だから俺はどこか浮き足だった気分で、彼らと同じように担任に視線をやっていた。

「……えー。久しぶり」

彼はどこかかしこまった様子で、短くそんなことを言う。

「予定通り、二週間で休校が明けたな。ここからは、みんなの出席状況や教員側の出勤状況を見ながら、柔軟に授業をやっていく予定だ。まずは……そのことに、俺はほっとしてるよ。またこうしてお前らに会えて、本当によかった。でも……」

と、彼は教壇の椅子に腰掛け。

「その前に。今回、こうやって授業を再開するに当たって、話しておきたいことがあるんだ」

ざっくばらんな口調で、俺達に語りかけ始める。

「まあ……ちょっと長くなるから楽な姿勢で。教師としてより、一人のオッサンとしてみんなに話すから、気楽にしてくれていいよ。聞いている態度で、成績を変えたりとかもしないから」

その言葉に……クラスメイト達は一度顔を見合わせてから。

表情を崩し、くすくす笑ったりしながら姿勢をちょっと楽にする。

そんな俺達を見届けて、

「まず、結論から言うと……」

担任は、そう切り出した。

「広島県からは、結局何のお達しもなかった。授業を再開せよだとか、休校継続だとか、そんな連絡さえなかった」

——教室から、どよめきが上がった。

県から連絡がなし……？　じゃあ、なんでこんな風に、学校は再開したんだ……？

「……だよな気になるよな。なんで休校が解かれたのか。あのな……実際本来は、休校のままになる予定だったんだ。指示がないのに勝手に動くわけにもいかないし、教師達への給料だって止まってる。学校を再開できるはずがないし、再開のめども立ってない、ってなるのが本来だ。実際、ここ以外の学校では、そういう選択をしているところも少なくない」

だけどな、と前置きして。

担任は、組んでいた腕を膝に置き、

「ＰＴＡと町内会から、校長先生を通じて打診があったんだ。上の判断を待たずに学校を再開してくれないかと。教師への給与は、少なめになるけれど出す。その他食料なども融通する。だからどうか……教育を、途切れさせないでくれないか、と」

――知らなかった。

そんな話になってるなんて、まったく知らなかった。

しかも、ＰＴＡ……？　うちの両親も、加入しているはずだ。

だとしたら、そういう動きも知っていたはずなのに……俺には黙っていてくれたのか。

「できることなら……この意味を、しっかり感じて欲しいんだ」

担任は、そう続ける。

「これから、世の中がどうなるかわからない。……いや、それもあんま正確な言い方じゃねえな。はっきり言えば――きっと悪くなる。今のところ、この混乱が収まる予兆は、見えていない」

――それは、その通りなのだろう。俺達の皮膚感とも合致する。

これから社会が良くなっていくところなんて簡単には想像できないし、悪化していくのも間違いないように思える。

「そのときに――お前達を救ってくれるのが、教育だ」

はっきりと、担任はそう言う。

「先に生まれた人間達が、積み重ねてきた知見、知識。そして、思考方法の訓練。そういうものが……誇張じゃなく……お前達の命を、世の中を、支えていくものになると思うんだ」

――気付けば、俺は背筋を伸ばして担任の話を聞いていた。

どちらかというと、いい加減な印象の担任だ。

授業にも熱心だけどそれ以上にちょっとずぼらで、生徒にもフレンドリーで、雑な性格もあって親しまれていた担任。

つまらないジョークを言っては、生徒達に突っ込まれまくっていた担任。

自分の失恋の話を、おもしろおかしく授業中語っていた担任。

けれど今――その彼が。

心から、真剣に俺達に向かい合い、考えを伝えてくれている――。

「……俺、ガキの頃にはさ」

と、そう言って、担任はいつもの人なつっこい表情を取り戻した。

「微分積分が、人生の何の役に立つんだって友達と笑ってたんだよ。それだけじゃない。英語の五文型も、日本史の年号も、現代文の小林秀雄《こばやしひでお》も、なーんの役にも立たないと思ってた。少なくとも、俺の人生には関わりがないんだって……」

……そんな風に思ってしまう気持ちは、理解できなくもない。

俺自身は勉強が好きだ。それが自分の人生に大きく関わると信じている。

けれど多くの生徒は、その生活の中で、教わった数学の公式や過去の出来事や外国の文法が活きている瞬間を、なかなか感じられないのだろうと思う。

そして――若い頃の担任が。

俺達よりずっと年上のこの男性が、かつて同じような気持ちを抱いていたということに、俺は感慨を覚える。

ああ……この人も。俺にとっては「大人」の代表だったこの人も、かつては俺達と同じような一男子高校生だった――。

担任は、腕を組み、

「あの頃は……教育の意義を、こんなに実感する日が来るなんて思ってなかったな。こんな風に、実感したくもなかったよ……」

昔を懐かしむように、笑みを浮かべてそうこぼす。

そして、彼は顔を上げると――俺達の方を向き。

手を膝につき、深く頭を下げ、

「――お前ら世代に、こんな世界しか用意できなくて申し訳ない」

そう詫《わ》びた。

クラスメイト達が、動揺で身じろぎする。

「俺達大人のせいだ。俺達の頃よりよっぽど悪い世の中しか、用意できなくて申し訳ない。心の底からふがいない限りだ。けれどせめて……」

と、担任は顔を上げる。

そして——いつの間にか涙の溜《た》まった目で。真剣な表情で俺達を見て、言う。

「知識を受け継いでくれ。知識の手に入れ方を、論理的な思考や抽象的な思考の仕方を、受け継いでくれ。俺達にできる精一杯はそれだけだし、きっとそれが君達の未来に、欠かせないものになるはずだ」

——その言葉に。担任の言葉に、俺は初めて理解した。

これまで俺にとって『担任』でしかなかった中年男性。

三十六歳の広島出身。独身の数学教師。

けれど彼は——田中唱《たなかしょう》という一人の男性で。俺達と同じように意思を持ち、悩み、苦しみ、選択している一人の人間なんだと初めて実感していた。

——学ぼう、と思う。

俺はこの人から、他の教師から、できるだけのことを学ぼう。

それがきっと学生の本当の役目であり、それが一番世の中にとって、俺達自身にとって、有意義なことなのだろうと思う。

周囲を見回すと、みんなも同じような気持ちなのだろう。日和も、大橋も、橋本も。梶くんも、天童さんも、そして卜部でさえも。神妙な顔で、何人かはその目に涙さえ浮かべて田中先生の話に聞き入っていた。

そして、

「……もう一つ、申し訳ないが話がある」

田中先生は、重たい声で言う。

それまでの強い意志に満ちた声とは違う、沈痛な声色。

「どのように皆に伝えるかは、ずいぶん悩んだんだ。あまり触れないことも考えた。けれど……それも違うだろうと思ってな。だから、きちんと報告させてもらう」

そして、田中先生は唇を震わせ。

その目から、決壊するように涙をこぼしながら——俺達にこう告げた。

「——今朝方、このクラスの刑部が……刑部奈々が……」

「——家族の仕事のため滞在していた、[redacted]で……」

「——強毒化した新型ウイルス感染のため、亡《な》くなった」

＊

——そのあとのことは、よく覚えていない。

かろうじて覚えているのは——泣き崩れるクラスメイト達。真っ青な顔のクラスメイト達。状況が飲み込めないようで、ぽかんとしているクラスメイト達の姿だった。

これまでも、この学校の生徒に死者が出たことがあった。先日の土砂崩れのときのことだ。この学校から二名の死者が出て、全校集会が開かれた。

そのときの衝撃もとても大きなものだった。俺達と年齢も育ちもそう変わらない高校生が、災害に巻き込まれて命を落とす。その事実に俺達は戦《おのの》いたし、亡《な》くなった生徒やその家族のことを思って、多くの者が涙を流した。

——けれど、今回は。

友人が亡くなった今回は——その意味合いが、まったく異なってくる。

自分と交流のあった女子が。身近なクラスメイトが命を落とした——。

もう二度と、彼女と会うことができない。話すことも、冗談を言うことも、ゲームをすることもできない。永久にその機会は失われてしまった——。

……本人は、どんな気持ちだっただろう。

最初に思ったのは、そんなことだった。

希望に満ちた未来があったはずなのに、それが失われる。

どれだけ苦しかっただろう。どれだけ悲しかっただろう。どれだけ悔しかっただろう。

想像してみるだけで、体温が急激に下がっていく気がした。

誰とも話をする気になれなかった。

大橋とも、橋本とも、卜部とも。そして日和とさえも言葉を交わす気になれなかった。

ホームルームの終わったあと、一人で教室を出て家路につく。

教室を出る前。振り返ったそのときに──日和が何かを思い詰めるような、決意をするような表情をしているのが少しだけ気にかかった。

──本当は俺は、こんな風に憔悴《しょうすい》していい立場じゃないのかもしれない。

狭い坂道を歩きながらそう思う。

俺と刑部さんが話すようになったのは、ここ十日くらいのことだ。

それ以前はただのクラスメイトで、会話もないどころか俺は勝手に壁を感じていて──。

それなのに、彼女が亡《な》くなってこんな風にダメージを受けるのは、出過ぎたマネなのかもしれない。

それでも、どうしても苦しかった。彼女やその家族の気持ちを思って、頭がぐちゃぐちゃになってしまっていた。

――そんな風に、余裕を失っていたから。

自己嫌悪《けんお》と実際の悲しさ、苦しさの板挟《いたばさ》みに、完全に意識を取られていたから――。

「……っ⁉」

家に向かう細い道の先――。

俺は、見覚えのある人影を見付けて凍り付く。

「……あ、あなたは……！」

きちんとセットされた綺麗《きれい》な白髪。上品に年を重ね皺《しわ》を刻んだ穏やかな顔。仕立ての良い、濃いグレーのスーツ――。

――〈天命評議会《てんめいひょうぎかい》〉の、スタッフだ。

かつて、日和の側近だった壮年男性。

確か、名前は……、

「……安堂《あんどう》さん……」

そうだ、そんな名前だったはず。

かつて、日和に説明してもらったことがあった。

牧尾《まきお》さんが来るまで日和の最側近として活躍し、彼女を支え続けた評議会の最上位層――。

そんな彼が、尾道《おのみち》に現れた。

俺の家のそばで、静かに佇《たたず》んで――おそらく俺を待っていた。

「な……何をしに来たんですか⁉」

　こみ上げる恐れが、俺の喉を震わせる。

「もう日和は評議会を辞めたのに――一体何の用ですか！」

　――浮かぶのは、最悪の予想ばかりだ。

　日和を迎えに来たのか、だとか。彼女を脅《おど》して評議会に連れ戻すのか、だとか。あるいは、何か事情があって――日和のことを知る、俺を殺しにきたのか、だとか。

　握った手がブルブルと震える。

　緊張に鼓動が早鐘のように鳴る。

　ここには――俺しかいない。日和の『お願い』に、頼るわけにはいかない。

　自分ひとりで、対処しなければいけない。

　けれど、

「驚かしてすみません」

　安堂さんの返事は、彼の声は、あくまで誠実で敵意の感じられないものだった。

「本当は、このようにあなたに会いに来るのも良くないのですが……どうしても、気になることがありまして。それから、一つ伝えたいことも」

　柔らかな物腰。丁寧な言葉選び。

　そして彼は、

「決して日和さんを取り戻そうと考えて、ここに来たわけではありません」

はっきりと、俺にそう言う。

その態度から、きっと嘘《うそ》ではないのだろうと思えた。この人は、安堂さんは、悪意があるからではなく、純粋に彼の言う通りの目的でここに来た。

さらに——俺はそこで気が付いた。

「……！」

彼の左腕が、なくなっていることに。

肘の少し上の辺りから、切断されてしまっていることに——。

「……少し、お時間いただけますか？」

そんな俺の視線に気付いているのかいないのか。

安堂さんは、生徒に語りかける校長のような口調で、そう尋ねてきた。

＊

「……日和さんは、お元気にされていますか？」

二人並んで、ゆっくりと坂道を歩きながら。

行くあてもなく尾道《おのみち》の町を彷徨《ほうこう》しながら——安堂さんは尋ねてくる。

「もうすぐで、彼女が評議会を辞めて……三週間ほどでしょうか。日和さんは楽しく毎日を過ごせていますか？」

「そう……ですね」

少し悩んでから、俺はぎくしゃくとうなずいた。

「色々、問題はありますけど……楽しんでくれていると思います。新しく友達もできましたし、結構一緒に遊んだりもしてますし……」

「そうですか」

安心したように安堂さんは表情を緩める。作り物ではない、本心からの安堵《あんど》の表情——。

「それは本当によかった。ありがとうございます、きっと頃橋さんのお陰ですね……」

「い、いえ、そんな。俺はただ、できる範囲のことをしているだけで……」

実際、力不足を感じることも多い。未だに日和は、評議会を辞めたあとの世の中のことが気になっているようだし……今日だってそうだ。

本当は、日和のそばにいてやるべきだったのかもしれない。

友人を失って落ち込む彼女と、色々話すべきだったのかもしれない。

けれど、どうしてもそんな余裕がなくて。俺は俺自身の気持ちを支えるのに精一杯で——こんな風に、彼女を投げ出してきてしまった。

「日和さんは、とても真面目な人です」

思い出すように目を細めて、安堂さんは言う。

「出会った頃からそうでした。ですからほっとしましたよ。きちんと彼女が、今を楽しめているなら」

「……出会った頃から、ですか」

そのフレーズが、少し引っかかった。

確かこの安堂さんは、かなり初期からの〈天命評議会〉メンバーだ。

中学の頃から日和を知っていて、組織が今の規模になるのを――日和がただの中学生から、世界を動かす女の子になる場面を、見守ってきた人。

「……どんな女の子、だったんでしょう」

どうしても気になって、俺は安堂さんに尋ねる。

「日和は当時、どういう子だったんですか？」

なんとなく、これからのヒントになりそうな気がしていた。

評議会を辞めた日和。彼女がこれからどんな女の子になっていくのか。どんな風に、周りと関わっていくのか。

「そうですね……おそらく、頃橋さんの想像と、そう離れていないと思いますよ」

安堂さんは、当時を思い出すように破顔する。

「優しくて、真面目で、ちょっと気弱で。人の苦しみを、自分のことのように感じられる女の子でした。精神的に強靱《きょうじん》ではなかったので、そこがちょっと気がかり、というところでしたね。だからこそ、わたしも以前の仕事を辞めて日和さんのサポートに専念するようになったわけですが……」

「なるほど……」

確かにそれは、だいたいイメージ通りだった。今の日和の印象にも、近い気がする。優しくて真面目で、ちょっと気弱。精神的に脆《もろ》いところもある。そんな日和を守りたい、と思う安堂さんの気持ちも理解できた。

「ですから——評議会が、今の方向性になり始めたときには」

と、安堂さんの表情に陰りが混じる。

「今のように、積極的に活動範囲の拡大を始めたときには危機感もありました。日和さんは保たないのではないか。彼女自身が大きく傷付くのではないか、と。けれど……そこには日和さんの強い意思もあって。わたしは止めることができなかった」

話がそこに至って、俺は小さく違和感を覚える。

初期の日和の性格は、今の俺にとってもしっくりくるものだった。

けれど——そのあとの範囲拡大。その推進力になったという、日和の強い意志。それがどうも……イメージと合わない。俺の知っている日和が、自分の意思でそんなことを選択したと思えない。

「……何か、きっかけがあったんでしょうか？」

気付けば、俺はそう踏み込んでいる。

「日和が、活動を拡大させるきっかけというか、理由になるような出来事が……」

「……そうですね」

安堂さんは、足下に視線を落とす。

記憶を探っているというよりも言い方を考えているような、言葉を選んでいるような、その表情。

「……一人の女の子との出会いが、きっかけだったかもしれません」

「女の子？」

「ええ。日和さんよりもずいぶん年下の。活動の中で、偶然出会った女の子でした……」

聞いたことのない話だった。

日和と評議会の話をしたとしても、出てくるのは安堂さんや牧尾兄妹《きょうだい》など、スタッフの話ばかり。その中で関わった外部の人の話題は、ほとんど出たことがない。

なのに……そんな人が、いたのか。

日和達のその後を運命づけるような、女の子が……。

「その子と仲良くなって、何か世の中の問題に気付いた、というような感じですか？　自分には見えていなかった、社会の歪《ゆが》みに気付いた、とか……」

「そうですね。その少女をきっかけに、日和さんが社会の問題に気付いたのはその通り。ただ……」

と、安堂さんは落としていた視線を上げる。

「日和さんは少女と仲良くなったりはできませんでした。会話すら、一度もできていません」

そして――安堂さんは視線を前にやったまま。

瀬戸内《せとうち》の波間に反射する陽光と、その向こうの向島に目をやったまま、

「彼女は、亡くなっていましたから。日和さんが彼女を知る数週間前に。八歳で、その少女は亡くなっていました」

――亡くなった。

ついさっき――教室でも聞いたフレーズ。

俺の周りに唐突に溢《あふ》れ始めた、その言葉――。

心臓が、ぎゅっと摑《つか》まれたように苦しくなる。刑部さんの表情を思い出して、感情が深く沈み込んでいく。

けれど……八歳で？　どうして、そんな若さで……？

まだ当時は、新型ウイルスの流行も始まっていなかったはずだ。何か別の病気？　あるいは事故に遭った、とかだろうか。そんな風に苦しい予感を覚える俺に、嫌な予想をいくつも浮かべる俺に――。

安堂さんは——最悪の答えを告げる。

「両親による、虐待《ぎやくたい》が原因でした」

——酷《ひど》く、震える声だった。

「彼女は、親の苛烈《かれつ》な扱いが原因で……命を落としたんです」

グッと、奥歯を噛みしめた。こみ上げる感情が、思わずこぼれ落ちそうになる——。

何の罪もない幼い子供が、その両親によって命を奪われる……。

……最悪だ。どうしようもなく、最悪だ。

それはまさに——この世に実在する地獄だ。

わずかに想像するだけで唇が震える。その子の苦しみを思って、呻《うめ》きが漏れそうになる。

理屈だとか倫理だとか、そういうものさえ超越した本能的苦痛。

安堂さんも、それは同じらしい。

彼は上品な顔に苦渋の皺《しわ》を寄せ、震える声で言葉を続ける。

「当時、結構ニュースにもなりましたから……頃橋さんもご存じかもしれません。そして、日和さんもそれをニュースで見かけ、何かできることがないかと考えました。その結果、個別の虐待事案を追いかけるだけでは不十分だとわかり、専門家の助言を仰ぐようになり——最終的に、児相の予算配分が大幅に増加。さらには、組織改革が行われることになりました。福祉の仕組み自体を大きく変えることになったわけですね」

そこまで言われて、ようやく思い出す。

俺が中学の頃ニュースでやっていた虐待事件。両親がニュースを見て二人で泣いていたのを覚えているし、俺もその凄惨《せいさん》さにショックを受けたものだった。

——けれどその後、事態は国を含めて大きく動き出した。

事件は国内でも大きく報道され、社会的に虐待撲滅の機運が高まった。

結果、児相の組織改革が行われ、徹底的な仕組みの合理化が行われた。以来、子供の虐待死は一件たりとも起きていない。一件たりとも、だ。その前に虐待を察知し、ケアをする仕組みが強力に働いた。

日本のそんな変化は国際社会でも評価された。児童福祉のモデルケースとして取り上げられ、他の国でも同じ手法が使われるようになった。

結果、先進国の間では全体的に虐待死の数が減ったらしい。世界が混乱する前の。人類の輝かしい功績。そのことはニュースでも何度も取り上げられていたし、俺も海外の動画サイトでドキュメンタリー番組を見た記憶があった。

さらに言えば——最初の事件の両親が。八歳の女児を死に至らしめた両親が、法廷に於《お》いて唐突に罪を悔やみ始めた。彼らは娘にしたことを心から反省し、被告人席で自分の犯した罪に酷く取り乱し、厳しい刑が科されることを願った。

——そのすべてに。そんな一連の流れに、日和はすでに関わっていたのか。

考えてみれば、報道以降の事件の展開は、俺を含むほとんどの人が望んだような「理想型」だった。最悪の事件をきっかけとした、奇跡的な制度の改善。そして、新たな運用の厳格な執行。確かにそこには、人智《じんち》を超えた力の存在を感じなくもない。

「……色々な考え方があります」

安堂さんは、一度息をつきそう言う。

「その日和さんの行動を、救世主が沢山の子供を救った、と評することもできます。あるいは、部外者が特殊な力で国の仕組みを歪めた、と見ることもできるでしょう」

「それは……そうですね」

「けれど……わたしは、どちらとも思えなかった。本来大人がやるべき仕事を、まだ子供であった日和さんに押し付けてしまったのだと。大人が背負うべき責任を、彼女に背負わせてしまったのだと、そういう風にしか思えなかった――」

安堂さんは、その場に立ち止まる。そして、真《ま》っ直《す》ぐに俺を見ると、

「ですから、わたしの願うことは――」

これまでになくはっきりした声で、俺に言う。

「日和さんが、もう二度と大人の尻拭《しりぬぐ》いをしなくてすみますように。この世界の責任を、背負わなくてすみますように。そして――」

安堂さんは、寂しげに笑う。

「――もう二度と、わたしなどと会うことなく、残りの人生を過ごせますように」

インターミッション

「──あれ、日和《ひより》はお出かけ？」

クリスマスのお昼過ぎ。向島《むかいしま》の自宅にて。

玄関でスニーカーを履いていると、大学生（現在休校中）のお姉が目ざとくわたしを見つけ、声をかけてくる。

「今夜は、家族でクリスマスパーティだけど……それまでには帰ってくるのよね？」

──わたしに似ているけれど柔和な顔。

柔らかそうな茶色のロングヘアーに、ふんわりした素材のワンピース。どこかおっとりして家庭的な、いかにも『姉』らしいお姉は……心配そうに首をかしげ、わたしの顔を覗《のぞ》き込む。

わたしはそれに呆《あき》れてしまいながら、

「うん、その予定だよ……。ちょっと、人と会ってくるだけで……」

──実際、その予定だった。

本当は、もっとゆっくりしたいんだけど……。

彼氏彼女として、できるだけ長くクリスマスを楽しみたいんだけど……ご時世的に、そういうわけにもいかない。

ご飯はそれぞれお互いの家で食べるから、その間に彼と──深春《みはる》くんと、一緒に過ごそうという話になっている。

けれど、

「ふうん……」

家族を大事にするお姉は、なんだか不満そうで。

「こんな日に、わたしたちを置いてお出かけ……もしかして彼氏？」

あくまで冗談めかして。まさかそんなことはないだろうという雰囲気で、そう尋ねてくる。

……そうだ、わたし、まだ家族には言ってなかったんだな。

彼氏ができたこと。もう、三ヶ月くらいお付き合いしてること……。

だから、

「……うん、そう……」

もじもじしながら、わたしは打ちあけた。

「彼氏の家に、ちょっとだけ行ってくる。そんなに長くじゃないけど……」

そろそろ、いいかなと思ったのだ。

これから深春くんと会う時間も増えるだろうし、家族に説明が必要になる機会もあるかもしれない。だとしたら、まずはこのお姉辺りに話しておいて、味方を作っておくのがベストだろう。

そう――思ったのだけど。

――カツン、と。

お姉が――スマホを落とした。

それまで手に持っていたスマホを、取り落とした。

「え。ちょっと！　大丈夫……⁉」

慌ててそれを拾うと、ディスプレイを確認する。

「ああ、よかった……画面は割れてない。気を付けなよ、今修理も難しいんだから。ていうか、どうしたの？」

「日和に……彼氏……」

スマホを受け取りつつ、ぽかんとした顔でお姉は言う。

「わたし……聞いてない……」

「うん……だから、今初めて言った」

「いつから……？」

「ええ？　三ヶ月くらい前……」

「三ヶ月付き合った彼と……クリスマスに……遊びに行く……」

「うん……ていうかそれくらい、わたしも高二なんだから普通でしょ。じゃあ、行ってくるね──」

「──ちょっと待って！」

がっしと、腕を摑《つか》まれた。

普段のお姉はなかなか見せない、機敏な動き……。

そして――、

「――どういう男の子なの⁉」

目を見開き、お姉は尋ねてくる。

「――どこ中出身の、どんな男の子なの⁉」

「え、ええ……。土堂中《つちどうちゅう》だったかな。すごく頭が良くて、一生懸命《いっしょうけんめい》で……かっこいい男の子だよ……」

「きょ、今日は、どこで会うの⁉　彼氏の家⁉」

「……うん」

「それは……大丈夫なの⁉」

もはやその大きな目をむいて、お姉はなおも尋ねてくる。

「その……彼はちゃんと、日和を紳士的に扱ってくれるの⁉　もしも、そうでないとしたらわたし――」

「――んもー！　そろそろいいでしょ！」

言いながら、わたしはお姉の手を振り払った。

「わたし遅刻しちゃうよ！　フェリーの本数だって、大分減ったんだから！　じゃあ、行くからね！」

「気、気を付けるのよ！」

玄関のドアにすがりつくようにして、お姉はわたしを見送っていた。

「何かあったら、すぐ助けを呼ぶのよ！　無事で帰ってきてね！」

……ちょ、ちょっと声大きいよ！　ご近所にも聞こえちゃうじゃない！

しかも言い方がいちいち大げさだよ、彼氏の家に行くくらいで、何をそんなに心配してるの！

「……ふう」

ようやくお姉の声が聞こえなくなり。フェリー乗り場に向かって歩きながら、わたしは一つ息をつく。

……まあ、実のところ。

今日深春くんと会うのには、わたしもちょっとだけ緊張しているところがあった。

理由は──刑部《おさかべ》さんの件。

学校再開の日から、ちょっとだけ授業再開の準備期間休みに入っているので、あれから彼とは一度も会えていない。深春くん、当日もすぐに帰っちゃったし。わたしもそういう気分にどうしてもなれなくて、会話だってほとんどできていない。

交わした言葉は、今日の約束に関することくらいだろうか。

──フェリー乗り場に着いた。

案の定、しばらく次の便の到着まで時間がありそうだ。

ここしばらくで、フェリーの運航本数はずいぶんと減ってしまった。ひっきりなしに来ていたこれまでと違って、今ではその半分以下。三十分以上待たされてしまうことだってざらにある。

原因は、原油価格の高騰だったり船員さんの不足だったり。それを補うために、運賃だって上がってしまっている。

――責任を感じていた。

刑部さんが亡《な》くなったことに、わたしは責任を感じていた。

たどっていけば……それは必ずどこかで、わたしのせいということになる。

わたしの行動が違っていれば、もっと勇気があれば、忍耐力があれば、気持ちの強さがあれば……きっと、刑部さんは命を落とすことなんてなかった。

そのことを、わたしは強く自覚していたし……それ以上に。そんな風に考えているわたし自身に愕然《がくぜん》としていた。

――悲しい、という気持ち以上に。

――友達を失った苦しみよりも早く。

『責任』なんてものを、わたしは一番に感じている。

「……でも」

と、わたしは瀬戸内《せとうち》の向こう。尾道《おのみち》の街を眺めながら、気持ちを入れ替える。

せっかく深春くんが呼んでくれたんだ。きっと——今日は楽しい日になるはず。

人生で初めて、恋人と過ごすクリスマス。その時間を、わたしも良《い》いものにしたいと考えている。

だから——、

「……がんばろ」

向こうから見えてきたフェリー。

そこに乗っているいつものおじさん。そんな見慣れた景色を眺めながら、わたしは小さく決意していた。

「——絶対に、楽しい一日にしよう……」

第4話 ありふれた光

「――えっと……今日は来てくれてありがとう」

「こ、こちらこそ呼んでくれてありがとう！」

「ささやかだけど……一応このケーキ、俺の手作りなので。遠慮なく食べてください……」

「おお……！　すごい！　おいしそう！」

「そんなわけで……今日は楽しんでもらえると幸いです」

――三畳ほどの俺の部屋。

用意した食べ物飲み物を挟《はさ》んで、俺と日和《ひより》は向かい合っていた。

外は相変わらずクリスマスとは思えない陽気だ。お互い薄着だし、部屋も純和風で飾り付けも簡素だし、並んでいる食べ物もショボいことこの上ないけれど……、

「……わぁ……」

辺りを見回しながら、目を輝かせている日和。

そんな彼女を見ていると――こんな会でも、用意してよかったなと思えた。

――ついにやってきた、十二月二十四日。クリスマスイブ。

プラネタリウムを完成させた俺は、こうして日和を自室に招いていた。

サプライズでプラネタリウムをあげるのがメインの目的だけど……せっかく彼女を呼ぶわけだし。飾り付けもして食べ物の用意もしてみた。

付き合って初めてのクリスマスだ。軽くパーティくらいはしておきたい。

ただ正直、この準備がまあまあ大変だった。

物資不足の著しい昨今。『不要不急』の品物はそう簡単に手に入らない。

例えば、飾り付けのグッズなんて置いてある店はもちろんなくて、何店も回ってかろうじて見かけたのが綺麗《きれい》な色の折り紙くらいだった。一瞬、在庫を買い占めようかとも思ったけれど、本来必要としている子供達の分を奪うのは申し訳ない。心の中で「すいません……」と詫《わ》びながら、一パックだけ買うに収めた。

結果として、紙のチェーンを一つ壁に掛けるだけの、簡素極まりない飾り付けになったんだけど……まあ、ないよりはマシだろう。かすかにパーティ感は出たと思う。

そして、それ以上に大変だったのが——今回唯一用意できた食べ物である『ケーキ』だ。

「じゃあ……乾杯！」

「かんぱーい！」

両親の店からもらってきたジュースで乾杯し、早速そのケーキを取り分ける。「いただきます！」と手を合わせると、それを一口頬張《ほおば》る日和。

ドキドキしながらそれを眺めていると——、

「……おいしーい！」

——そう言って、日和は破顔した。

「甘いもの食べるの、本当に久しぶりかも！　すごくおいしいよ！」

「そうか……よかったよ」

言って、俺はほうと息を吐き出した。

「初めて作ったし、しかもケーキとは名ばかりのホットケーキだから。上手《うま》くいってるか心配だったんだ……」

本当は、ショートケーキを作りたかったのだ。

スポンジを焼いて生クリームを塗ってイチゴを載せて、本格的なショートケーキを。

けれど、案の定材料はまったく集まらず。かろうじて手に入ったのは、ホットケーキミックスと牛乳、卵だけ。そんなタイミングで、たまたま卜部《うらべ》家に生クリームが入ったと聞いて、多めにあったホットケーキミックスと物々交換してもらったのだった。

ショートケーキからは大分格が落ちてしまったけれど。それでも、何枚か重ねて生クリームを乗せたから、一応ケーキの体裁は保てたはず。なんか、テンションの上がる見た目になったはず。

ただ、そんな経緯で生クリームをもらいに卜部家に行った際。

「ほい、これ生クリームね」

「ありがとう。こっちはホットケーキミックス。いやあ、ほんと助かったわ……」

卜部との物々交換を終え、ほっとしている俺に――、

「……その生クリームさ」

彼女はふいに、「うへへ」と目を細めて妙なことを言い出した。

「もしかして、日和に塗っちゃったりする感じ……？」

「……は⁉」

「クリスマスだしさ。服脱がせて色んなとこに塗って、ケーキはお前だぜ、みたいな……？」

「……何言ってんだお前……」

……若干引いた。斜め上すぎるその発想に、まあまあマジで引いてしまった。

いや、普通に食べるに決まってるだろ。なんで最初にそういう考えになるんだよ。何でもエロに結びつける中学生男子かよ……。

「え、だってさ」

俺から放たれる絶対零度の視線をものともせず、卜部はにやついた顔のまま、

「だって、クリスマスに日和と一緒に食べるんでしょ？」

「おう……」

「二人っきりで、パーティするんでしょ？」

「うん……」

「付き合って、初めてのクリスマスだよ？」

そして、卜部は俺の目を覗《のぞ》き込むように首をかしげ、

「まあ……なんか起きるでしょ」

当然、みたいな口調でそう断言する。

「なんかちょっとくらい、エロいこと起きるでしょ。ていうか、そのタイミングで何もなかったら、次にそういう機会なくない？」

……確かに。

言われてみれば、そうなのかもしれないと思った。高校生カップルにとって、クリスマスは関係を進展させるベタなきっかけだろう。初めて何かするとしたらそのタイミングで、みたいなイメージがある。正直、それどころじゃなくてあまり考えてなかったけれど、説明されてみれば卜部の言うことにも一理ある……気が……。

「……確かに、なんかあったりするんだろうか」

「あったりするんだろうかじゃなくて、深春《みはる》がなんかするんでしょ。何人ごとみたいに言ってんの」

「……まあ、そうか」

「もちろん、相手の同意も必要だけどさ」

そこまで言われて——なんだか妙に、ドキリとしてしまった。

今まで俺は、日和とキスまでしかしたことがない。

けれど、そうか。クリスマス。そういうのをきっかけに、関係が進展……。

これまで、映画や漫画の中の出来事だと思っていたけど、俺達自身そういうことがあってもおかしくないのか……。

「まあでも、諸々《もろもろ》の準備はしっかりねー」

あくまで軽い口調で、卜部は言う。

「ちゃんと誠実に、あの子の身体《からだ》を気遣うように。責任取る覚悟があって、向こうもそれでいいなら止めはしないけど」

「お、おう……」

「あと、ゴムはちょこちょこそこらのお店に在庫あるから。諦めずに探せば見つかるよ」

「ゴ、ゴムてお前……」

その直截《ちょくせつ》な物言いに、なんだかすごく動揺してしまって。

元々期待していたクリスマスが、大変な一日になってしまいそうな気がして。

その日俺は、浮き足だったまま帰宅したのだった。

そして――、

「……ん?」

そんなことを思い出している俺に、日和が不思議そうな声を上げる。

「どうしたの？　深春くん。何か考え事？」

「……あっ！　な、何でもない！」

俺を覗き込んでいる、日和の丸い目――。

考え事を読まれたような気分になって。俺のふしだらな考えを見透《みす》かされた気がして、妙に声が大きくなってしまった……。

「ご、ごめん、ちょっと、ぼーっとしてただけで……」

「……そっか」

うなずいて、日和は安心したように笑う。

「なら、よかった……」

……そんな彼女を眺めながら。目の前の日和に、どぎまぎと視線を向けながら――。

俺は完全に、変な感じに意識してしまったのを自覚する。

――日和は、かわいい。

そのうえ、意外に体格は女性的で、柔らかな丸みを帯びて見えて、胸元も大きめに膨らんでいて――。

……そこに、触れてみたいと。彼女にもっと近づいてみたいと、そんな気持ちを抱いてしまう……。

実際、卜部に言われて探して買っておいたんだよな、あれ……。まあ、使うかどうかわからんけど一応……。本当に、機会があるんだろうか。日和はそれを、俺に許してくれるんだろうか……。

「……でも、ちょっとほっとしたよ」

ふいに――日和がそんなことを言い出した。

「え、ほ、ほっとした？」

予想外のフレーズに、オウム返ししてしまう。

何か今の流れでほっとするようなところがあったか？　むしろこっちとしては、一人でドキドキしているくらいなんだけど……。

「ほら……あった、でしょう」

そんな俺に、日和は酷《ひど》く言いにくそうに視線を落とす。

「苦しくて、辛《つら》いことが……」

その口調で――ああ、刑部《おさかべ》さんのことだと。

彼女が、新型ウイルスで命を落とした件のことだと、俺は理解する。

「あの話のあと……深春くん、すごくショック受けてたみたいだったし。それがわたし、心配だったから……。それでも、こんな風にパーティを用意してくれて、わたしをもてなしてくれて……。そうできるくらいには元気なんだってわかって、ほっとした。……もちろん、無理してくれてるのかもしれないけどね。それでも……」

ふっと、息を吐き出す日和。

柔らかく緩んだ頬、畳の床に落とされた視線――。

「ごめんな……心配かけて」

そんな彼女に——うれしさがこみ上げて。彼女が俺に向けてくれた気持ちに、温かいものが胸に満ちて、

「うん、最初は落ち込んだけど……ちょっとずつ、元気が出てきたよ」

俺はちょっと強がりながら、彼女にそう笑ってみせる。

もちろん、完全に持ち直してはいない。刑部さんのことやこれからのことを考えると、底なしの谷の際に立っているような気分にもなる。

それでも、

「俺達がどうにかしたところで、それは避けられないことだったし……。だとしたら、いつまでも悲しむのは、違う気がしたんだ。あの子のことを覚えていて、何度も繰り返し思い出しながら……ちゃんと生きていくしかないと、思ったんだ」

ありがちな答えだと思う。陳腐なドラマに出てくる、ベタすぎる考えみたいだと思う。

それでも——いざ自分がその状況におかれて。延々ぐるぐる考えてたどり着くのは、いつもそこだった。

いつまでも、悲しみ続けているわけにはいかない。少しずつ、日常を取り戻していかなきゃいけない。

だから、

「ありがとうな、心配してくれて」

そう言って——改めて思うのだった。

日和を、大切にしたいと。目の前にいるこの子を、俺は全力で、幸せにしていきたいと。

「日和がそんな風に思ってくれたのが、すげえうれしいよ……」

けれど。

「……そっか」

なぜか日和はそう言って、視線を落としたままだった。

そして、つぶやくように小さくこぼす。

「……避けられないこと……」

……どうしたのだろう。

その言葉の、どこに引っかかったのだろう。

けれど、それを尋ねていいのかわからなくて。彼女の考えを知ろうとしてもいいのかわからなくて。俺は日和を前にして、どんな言葉をかけるべきかと考え続けていた。

＊

——避けられないこと。

深春くんの言ったその言葉が、わたしの頭でリフレインしていた。

それは、確かに深春くんにとってはその通りなのだろう。

刑部さんは家族の都合で、仕方なく尾道《おのみち》を出た。その結果ウイルスに感染。それがたまたま強毒化ウイルスだったせいで——命を落とした。

この流れの中に、深春くんの立ち入る隙はない。友達としてずっと仲が良かったわけでもないんだ。できることがあったとしたら、刑部さんの無事を祈ることくらい。

——けれど。と、わたしは思う。

わたしは……違ったんじゃないの？

本当は、できることがあったんじゃないの——？

——と、

「……ふふ」

ふいに——深春くんが小さく笑う。

それで意識が現実に戻ってくる。

い、いけない……せっかく深春くんといるのに、わたし考え事を……。

「え、ど、どうしたの？　何か面白いことあった？」

「い、いや、日和……」

未《いま》だに小さくくつくつと笑いながら、深春くんはわたしの口元を見て、

「思いっきり、クリームついたままだよ。しかも両サイド……」

「ええっ……！」

慌てて鞄《かばん》から手鏡を取り出して、顔をチェックした。

……本当だ、生クリームがついてる！

しかも……右頰と、唇の左端の二箇所……！

「ああー……」

これは恥ずかしい。彼氏の家にお呼ばれして、こんな子供っぽい失敗は恥ずかしすぎる……。

顔から火が出そうになった。鞄《かばん》から急いでハンドタオルを取り出す。

けれど――、

「……」

――ふと、思い出した。

今朝、お姉と交わした会話。ずいぶん心配そうだったお姉の様子……。

あれは……なんとなく予感があったんだろう。つまりその、わたしと深春くんが、何かをしてしまう予感。キス以上のことを、してしまうんじゃないかという心配……。

……確かに、そうなってもおかしくないと思う。

わたし達はもう高校生で、お付き合いをしていて、今日はクリスマス。

むしろ――何かあるとしたら今日だろう。

――ちらりと、深春くんの方を窺う。

優しい笑みを浮かべて、わたしを見ている彼——。

わたしはこの人に……幸せになってもらいたいと思う。こんなわたしを歓迎するため部屋を飾り付けてくれた、ケーキまで用意してくれた深春くん。世の中がこんな状況で、きっと簡単なことじゃなかっただろう。

深春くんは頑張ってくれた。わたしを喜ばそうとしてくれた。そのお返しが、できればと思うんだけど……。

……深春くんは、そういうのを喜んでくれるだろうか。キスから先に行くのを、うれしいと思ってくれるだろうか……。

……いや、これもちょっと言い訳かも。

わたしはちょっと期待しているんだ。

今日、わたし達の関係が先に進むことを。これまでよりも、深い関係になれることを——。

だから、

「……と、取って……」

わたしは——思い切って深春くんに言う。

「深春くんが、指で……クリーム取って……」

「……え、俺⁉」

驚きの声を上げる深春くん。

……変な子だと、思われただろうか。
なんでそんなこと、と思われただろうか……。
けど、あとには引けない。
「……うん」
ゴクリと唾を飲み込んで——わたしは彼に、顔を近付ける。
目を閉じて数秒。深春くんが、かすかに動く気配がある。
そして——彼の指がわたしに触れた。
まず右の頬から。優しく指で、クリームがすくわれる。
次に——唇。
その左端に、深春くんの指があてがわれる。
細くて、ちょっと冷たくて、かすかに震えている彼の指。
それが今、わたしの唇に触れていることに——心臓が破裂しそうに高鳴った。
部屋の暑さとは別に、身体《からだ》からじわりと汗が噴き出す。
かすかに感じる心地よさ。どこか密《ひそ》やかで性的な喜び——。
「……取れたよ」
深春くんの声に目を開ける。
彼はもう顔が真っ赤で、気まずそうにわたしから目を逸《そ》らしていて……。

よかった、わたしも彼を、ドキドキさせられたのかな、なんて思う。

けれど――、

「……」

――そのまま、タオルで指についたクリームを拭く深春くん。

……食べてくれないんだ。

わたしについてたクリーム、普通にタオルで拭くんだ……。

もちろん、その方が衛生的なのだけど。こんなご時世で、むしろその方が彼氏として適切なのかもしれないけれど……少しだけ残念だ。

わたしはちょっと考えてから、その場に立ち上がり、

「……ん？　日和？」

「……くっつきたい」

言って――彼の隣に腰掛けた。

もちろん、ゼロ距離。肩と肩は当然、腰も触れ合うような密着度合いで。

「……ひ、日和⁉」

深春くんの声が裏返る。はっきりと、彼は動揺している。

だけどわたしは……ここまで勇気を出したせいでそろそろ限界だ。

ここから先は、深春くんに頑張ってもらいたい。深春くんにリードしてもらいたい……。

……わたしの沈黙に、意味を理解したのか。深春くんは、しばし迷うような素振りを見せてから。わたしの手を取って身体《からだ》をこちらに向けると——唇に短くキスをしてくれる。

けれど、今回はそれだけじゃ終わらない。もう一度、彼が唇を重ねてきて——わたしは、思わず彼の背中に腕を回した。

長く長くその気持ちよさを、幸福と高揚を味わう——。

……そんなことをしながら。

彼の唇に夢中になりながら——心の中で思う。

ああ、わたし、彼氏の家でこんなことしてる。

十六歳で、初めてできた彼氏と……こんなにも大胆なことをしている。

完全に浮かされた頭と、どこか冷静な思考の同居する不思議な感覚。

そして、長い時間が経《た》って——彼が唇を離すと、

「……あのさ」

彼はわたしの手を摑《つか》んだまま、熱っぽい声で言う。

「我慢……できそうにないんだけど」

見れば——彼の目は、熱に浮かされたように潤んでいて。

頬は赤くて、額には汗が浮かんでいて。

——そのすべては、今わたしに向けられている。

「その……いい……かな」

その問いに――心臓が跳ねるのを自覚してから、

「この、先のことを……しても、いい？」

「……うん」

わたしは、小さく彼にうなずいた。

「いい、よ……」

「……どこまで大丈夫？」

――どこまで。

一瞬――躊躇《ためら》った。

どう、答えよう。素直に言ったら、いやらしい子だって思われるだろうか。

けれど、ここでもう嘘《うそ》なんてつけなくて、計算なんてできなくて、わたしは、素直にわたしの気持ちを伝える――。

「……全部」

――深春くんが、わたしを優しく押し倒す。

髪と頬を撫《な》でられて、もう一度唇が重なる――。

――ああ、と、真っ白に溶けた思考と別のレイヤーで思う。

わたしはこれから……彼と結ばれる。

幼い彼氏彼女の仲から一歩進んで、もう少し深い関係になる――。

不安もなくはない。彼がちゃんと色々準備してくれてるかなと、とか。これをきっかけに身体目当てになっちゃったりしないかな、とか。上手くいかなくて、関係がぎくしゃくしちゃわないかな、とか。

そして――このわたしが、こんなことを。

こんな幸せを、手にしちゃっていいのかな、とか。

――深春くんが唇を離した。

そして、ゴクリと唾を飲み込むとわたしの胸元に手を伸ばし、ブラウスのボタンを一つ一つ外していく……。

と、そこで気が付いた。

しまった、わたし、今日ちょっと古いキャミ着て来ちゃってたかも……。

ブラは……かわいいのに、してたはずだけど。洗濯で色あせたキャミを見られるの、すごく恥ずかしい……。

……というかそれ以上に。深春くんに裸見られるの……死にそうなほど恥ずかしい。

変だって、思われないだろうか。

小さいとか形がどうとか、がっかりされないだろうか……。

自分では、そんなに悪い体じゃない気がしているけれど……男の子から見ればどうなのかわからなくて、言葉にならない焦《あせ》りで頭が満たされる。

そして——同時に。頭の中で、酷く冷静な思考は自動的に進展している。

考えているのは、わたしと世界のこと。

この世には——沢山の人がいて。沢山の人が、今も苦しい毎日を過ごしている。

病気だったり食べ物がなかったりケガをしていたり、大切なものを失ってしまったり。

それだけじゃない——すでに、若くして命を落としてしまった人もいる。

そういう人たちも、きっと望んでいたこと。好きな人と気持ちを通い合わせる、身体を許し合う。そんな幸福を、今わたしは手にしようとしている——。

——深春くんが、ブラウスのボタンを外し終える。

ちょっと迷ってから——彼はキャミソールを上にたくし上げる。

露《あら》わになるわたしの肌。剝《む》き出《だ》しになる、ブラジャーに覆われた胸の膨らみ——。

彼は——面食らったようにそこをじっと見ていた。

胸元にはっきりと寄せられている、強い視線——。

ドキドキで変になりそうになりながら……思う。

他の子も、こんな経験をしているんだろうか。高校生で付き合っている人たちなんて、いっぱいいる。結ばれた人たちもいっぱいいる。

そんな彼らは——みんな、こんな経験をしているのか。

こんな風に、世界がひっくり返っちゃいそうなくらい、ドキドキする経験を――。
そして――ふと思う。思ってしまう――。

――刑部さんにも、彼氏はいたのかな。

――あの子も彼と、こういうことしたのかな。

脈絡のない思考だった。

ここであの子のことを思い出す意味がわからない。

けれど――もう止まらない。

――彼氏がいたなら、その人は今どう思ってるだろう。

――どんな気持ちで、毎日を過ごしているだろう。

――彼を残していく刑部さんは、どんな気持ちだったんだろう。

わたしは――本当に何もできなかったの？

「……日和？」

深春くんが――ふいにわたしの名前を呼ぶ。

「どう……した？　顔色、悪いけど……」

「……えっ？」

顔色、悪い……？

全然、自覚がなかったけど……。

「……ご、ごめん！　嫌だったか⁉」

深春くんが――飛び退《しさ》るようにして、わたしから距離を取る。

「だ、だよな、いきなりこんなのは……嫌だよな……」

「ち、違うの！」

慌てて身を起こしてキャミソールを下ろし、ブラウスの前を合わせる。

そして、頭を整理しながら、

「た、ただちょっと……考えてたことがあって……それで……」

言いながら――しまった、と焦りを募らせる。

考えてたことがあるなんて、そんなの深春くんに失礼だ。

せっかく彼が、勇気を出してくれていたのに……そんなときに、わたし……。

けれど、

「……そっか」

そう言って――深春くんは、優しく笑ってくれる。

「ごめん、こっちも急だったかも。あるよななんか、こういうときに他のことがふっと頭によぎったりとかって」

「……深春くん」

「だから、気にしないで」

彼はほんのちょっとだけ、残念そうに笑うと。

「……続きは、また今度にしとくか」

「えっ！　わ、わたしは、大丈夫だよ。もう、気持ちは落ち着いたし……」

その言葉に――深春くんは一瞬悩む顔になる。

彼がちらりとこちらを見る目で、ああ、きっと、と思う。

彼も、本当は続きをしたいと思ってくれている。湧き上がった気持ちの行き場を、本当は探している――。

それでも。深春くんは、グッとこらえるように深呼吸すると、

「……焦るようなことじゃないからさ」

言って、ゆっくりこちらに手を伸ばし頭を撫でてくれる。

「またの機会の、お楽しみにしておこうよ……」

「……深春くん」

「大事なことだから」

そう言って、彼は一目で強がりとわかる笑みを浮かべた。

「お互い、気持ちの準備がしっかりできたときにしよう。せっかくのことだから、後悔のないものにしたいし……」

言われて考える。後悔のないもの……。

確かに、このままだと後悔が残るかもしれない。

わたし達の初めてに、ちょっとだけ曇りが残るのかも……。

それに……、

「……ありがとう」

そう口に出すと――鼻の奥が、つんとした。

涙がうわっと目に滲《にじ》んで、こぼれそうになる。

大丈夫なんて強がったけれど。もう一度始まれば、きっとわたしはまた考えてしまう。

意識をそちらに取られて、深春くんをがっかりさせてしまう。

だから、ほっとしていた。

深春くんが、また今度って言ってくれて……とても、ほっとしてしまった。

「……ごめんね」

「いいんだって」

思いっきり涙声で彼に謝ると、深春くんはゆっくりとわたしをこちらに抱き寄せて。

「こうやって、そばにいられるだけで俺は十分だよ――」

＊

――悶々《もんもん》としていた。めちゃくちゃ悶々としていた。

日和との間にあった未遂事件。

必死に強がって「また今度」なんて言ったけれど、それでよかったとも思うけれど……正直期待は膨れ上がりきっていたわけで。気持ちのやり場が見つからなくて、どうにもやりきれない……。

「――あの、最後に、プレゼントがあるんだけどさ……」

そんな内心を必死に抑え込みながら、俺は彼女に言う。

色々あったクリスマスパーティも、そろそろおしまいだ。

ここでついに、彼女にプレゼントを――手作りのプラネタリウムを、見せることになる。

「え、ほ、ほんと……⁉」

日和はそう言って、顔をぱっと明るくさせた。

「な、何だろ！　楽しみ……！」

――そんな彼女を前にしても、まだ無念な気持ちが消えてくれない。

はっきり言って、ものすごく期待していたのだ。

日和の身体に触れたり俺の身体に触れられたり。自分の気持ちを彼女に受け止めてもらうのを――。

実際――彼女の素肌を見たときには。ブラジャーだけになった彼女を見たときには、本気で声を上げてしまいそうなほど胸が高鳴った。

日和は、存外女性的な体つきをしている。

仰向けになっていてもはっきりわかる胸の大きさと、滑らかな肌。そこに触れるなんて、考えただけで頭がどうにかなりそうだし、彼女がそれを許してくれるのが信じられないくらいに幸福だった。

けれど――ああなってしまっては、仕方がない。

少しずつこわばっていった日和の身体。青白い頬とうつろな目。

純粋に彼女が心配で。それ以上、何かする気にはなれなくて……。

だから……うん。

やっぱり続きは、次回だ。

網膜に焼き付いた胸元の肌やかわいらしい水色のブラ、深い谷間はなかなか消えてくれないけれど……今はなんとか、彼女にプレゼントを渡すことに集中しようと思う。

「ちょっと、部屋暗くするな」

深呼吸して俺はカーテンを閉め、部屋の電気を消す。

「わ、何だろ……手作り蠟燭《ろうそく》とか、そういうのかな……」

わくわくしている様子の日和の声。

完全に暗闇に沈んだ部屋の中で、俺はプラネタリウムを手に取り勉強机の上に載せる。

そして——台座にスマホをセット。準備が完了した。

「ふう……」

もう一度深呼吸して、俺は頭の中でプラネタリウムに語りかける。

……準備は大丈夫か？

ここで急に壊れたりしないでくれよ。

事前に練習した通り——星空を作り出してくれよ。

頼んだからな——。

「……じゃあ、いくぞ！」

俺は、半ば祈るような気持ちで。

日和にそう言って——スマホのライトを、オンした。

——瞬間。
部屋に——宇宙が広がった。

誇張じゃない、本当にそう感じる。

俺と日和は今、無限の宇宙の真ん中に二人立っている――。

天井や壁や床があったはずの場所に散らばる一万個の星々。それが、ゆっくりと何万光年の彼方《かなた》を回転している。北極星を中心にして廻《まわ》る、粉砂糖の粒みたいな星達――。

狭い部屋の中にいるとは、到底思えなかった。

手が届くほどの場所に投射されているはずの光。けれどそれは、夜空に浮かんでいる星と同じように、遥《はる》か遠くに瞬《また》いているように感じる。

星があるのは、天井だけじゃない。

壁にも床にも小さな光が宿っていて――身体がふわりと浮き上がるような感覚。

その中で、光の一部を身体《からだ》に受けて――、

「……うわ……ぁ……」

――放心したように。

心すべてを持って行かれたように、日和は星々を眺めている。

「すごい……すごく、綺麗《きれい》……」

――よかった。成功した。

日和が――感動してくれている。

心の底から、その景色に見とれてくれている――。

「……作ってみたんだ、このプラネタリウム」

一呼吸置いて、彼女にそう説明した。

「大橋《おおはし》とか卜部に手伝ってもらって、手作りしてみた」

――最初から最後まで、手伝ってくれた卜部。

――大橋がくれた、星座の原盤。

その二つのお陰で俺はこんな夜空を、満天の星空を手に入れることができた。

それを今、日和と二人で味わっている。

幸せだった。こんな風にして星空の中二人でいられるのが、この上なく幸福だった。

「……泳いでるみたい……」

日和が、うわごとみたいにそう言う。

「星の海の中を、泳いでるみたい……」

そう思ってもらえるのが、とてもうれしい。

その感覚ために、俺は大橋からもらった原盤と手作りの台座の間に、ある仕組みを組み込んでいた。

空きビンの口を流用して作った、回転機構だ。

元々、原盤のついていたキットにはそんな機能があったらしい。原盤である正十二面体を回転させることによって、様々な時間帯の星空を再現できる、という仕組みだ。

最初は、そこまでは必要ないと思っていた。ただ星が投影されるだけで十分なんじゃないかと。けれど――部屋の中で実際に試しに投影してみて。その上で、手で星を回転させてみて俺は感動したのだ。投影された光が一定の方向に動く。それだけで身体は平衡感覚を失って、壁や天井や床がなくなったように思えて――星空の中に立っている。そんな感覚になれたのだ。

どうしても、それを日和に味わって欲しかった。

それも、できるだけ簡単に。日和が、家でも自分でできるような形で――。

「……綺麗……」

ほとんど声も出せないまま、星々を見ている日和。

その姿に――俺は目論見《もくろみ》が成功したことを確信する。

――よかった、届いた。

俺の願いは――日和にプラネタリウムを見せたいという気持ちは。

きちんとこうして、目の前にいる日和に届いたんだ――。

＊

――二人っきりになったみたいだった。

広い宇宙の中、深春くんと二人っきり。沢山の星に囲まれて漂っている――。

背筋を、寒気のような感動が走っていた。

自然と頬が持ち上がって、唇が震えて、目から涙がこぼれ出した。

――まさか、ここまでしてくれるなんて。

プラネタリウムが見たい。そんなわたしの思い付きの一言に……ここまで精一杯応えてくれるなんて。

――気持ちが、胸の奥からあふれ出して。

――もう、どうにも我慢ができなくて。

「……深春くん！」

わたしは――隣に立つ深春くんを抱きしめた。

彼の背中に手を回して、強く強く力を込める。

「好き……本当に、大好き……」

「……俺も、好きだよ」

言い返して、背中に手を回してくれる深春くん。

――このまま、一つになってしまえればいいのに。

身体《からだ》も気持ちも溶けてしまって、深春くんと一つになってしまえればいいのに。

食べてしまいたい、なんて思う。

深春くんをぺろっと食べて、お腹《なか》の中に納めて、ずっと一緒に暮らしたい。そうすれば、離れている寂しさとか不安だとか、そんなものから解放されるのに。いつだって、この幸せを味わっていられるのに……。

……って、何考えてるんだわたし。食べたいなんて、ちょっとホラーだ。

でも本当にそう思うのだ。それくらいにわたしは彼を、愛おしく思っている——。

一度彼から離れると、その星空に手を伸ばしてみる。

回転の中心にある北極星。

けれど、伸ばした指のその先。北極星には触れることはできなくて、代わりにその小さな光はわたしの指先に宿った——。

——思えば、小さな頃からプラネタリウムが好きだった。

最初に見たのは、確か幼稚園の頃。家族で行った県立科学館でのことだった。

その美しさに一発で魅了されたわたしは、それからもチャンスがある度にプラネタリウムに行った。

隣の県の科学館や、福山市内にできた施設のプラネタリウム。しっかりした装置があっても、そうでなくても構わない。とにかく、わたしはその作られた星空に魅了された——。

『お願い』を使えるようになって、〈天命評議会《てんめいひょうぎかい》〉を始めてからは、一気にその行動範囲が広がった。

東京のプラネタリウム、名古屋のプラネタリウム。

海外のプラネタリウムも、何度も見に行った。

アメリカ、イギリス、オランダ、カナダ、他にも数え切れないほど沢山——。

印象に残ったプラネタリウムも沢山あって、名古屋は世界一の大きさだけあって大迫力だった。それからカリフォルニア、サンフランシスコ、国内だったら、[redacted]のプラネタリウムも——。

——[redacted]の、プラネタリウム。

——ふいに浮かんだ、その言葉。

わたしは——冷たい水面に触れたように、反射的に身体を硬くする。

——いけない。

今、思い出すべきでないことに、わたしは触れてしまった——。

やめよう。今すぐ意識を現在に戻そう——。

けれど——そんな気持ちと引き換えに、浮かれていた心があっという間に動きを止める。

持ち上がっていた頬が元の位置に戻って、思考が急に現実味を帯びる。

そして、あの子の名前を思い浮かべてしまう——。

――[redacted]ちゃん。

[redacted]のプラネタリウムは、[redacted]ちゃんが――大好きだったプラネタリウムだ。

中学の頃出会った、八歳の女の子が――大好きだったプラネタリウムだ。

こうなってしまったら――もう止められない。

――記憶が頭の中にあふれ出す。

あの子のことを知った頃。まだ、覚悟も何も決まっていなかったわたし――。

夕方のニュースで流れた痛ましい虐待死事件《ぎゃくたいしじけん》。わたしの家族も酷く胸を痛めていて、お姉も泣いていたのを覚えている。

そして――そのニュースの最中。

画面に映された、[redacted]ちゃん直筆の手紙の一部――。

『また[redacted]のプラネタリウムにいきたい』

――彼女はわたしと同じで、プラネタリウムが好きだった。

それが――すべてのきっかけだった。

彼女がどんな経緯で酷い目に遭《あ》ってしまったのか。

わたしが『お願い』の力で、何かできることはないのか。

そんなことを、知りたいと思った。知りたいと思ってしまった——。

「……」

隣に立つ、深春くんを見る。

目をキラキラさせて、プラネタリウムを見ている彼——。

あの日始まったことは——きっと終わっていない。

むしろ、悪化の止まらないまま転がり続けている——。

——わたしに、何ができるだろう

——わたしは、何をしたいのだろう。

その問いが、わたしの思考を満たしていく。

あの日、絶対に世の中を変えてみせると、心に誓った瞬間。

そして——愛おしい彼が目の前にいる、今このとき。

——わたしに、何ができるだろう

——わたしは、何をしたいのだろう。

頭の中で、繰り返される問い。

その答えが少しずつ、はっきりしていくのを感じていた。

手触りと質量を持ったわたしの気持ち。どうなっても消えることがなかったわたしの意思。

そして——脳裏に蘇《よみがえ》る。

[redacted]ちゃんの住んでいた街、[redacted]に初めて訪れたときのこと。

まだ組織も小さくて、ついてきてくれたのも安堂《あんどう》さんだけで。交渉の仕方だって拙《つたな》かった頃のこと——。


——ほとんど成果を出せなかった。

わざわざ電車と飛行機を乗り継ぎ[redacted]に来たけれど、ただの女子中学生であるわたしと、普通の企業勤めの安堂さんにできることは何もなかった。

かろうじてできたのは『お願い』で資料を見せてもらうことだけ。[redacted]の弁護士事務所で、[redacted]ちゃんのたどった経緯をつぶさに知ることだけだった。

[redacted]年[redacted]月[redacted]日
[redacted]ちゃん、帰宅後父親により[redacted]を指示される。[redacted]するも[redacted]なく[redacted]。[redacted]を訴えるも[redacted]は止まらず、不審に思った近隣住民の通報で警官が自宅を訪問。父親に事

情を聞き――、

[redacted]年[redacted]月[redacted]日
先日の通報に腹を立てた父親が[redacted]を指示。厳しく[redacted]される。母親にするも[redacted]なし。[redacted]をひたすら続けさせられ、[redacted]に[redacted]――、

[redacted]年[redacted]月[redacted]日
[redacted]ちゃん、両親に手紙を書く。しかしその内容に父親が激昂《げきこう》。[redacted]に連れて行かれ、[redacted]を受ける。母親が止めに入るも、父親に脅され自らも[redacted]する。[redacted]時間それが続いたあと、[redacted]にて[redacted]ちゃんは放置される――、

[redacted]年[redacted]月[redacted]日
[redacted]時頃、ぐったりしている[redacted]ちゃんに母親が気付く。[redacted]をするも反応なし。父親に相談し[redacted]を許される、独自の判断で救急車を要請――、

――嘔吐《おうと》した。
涙が止まらなくて、嗚咽《おえつ》が収まらなくて昼に食べたものをすべて戻してしまった。

それでも記録を読む手を止められなくて、裁判記録に手を伸ばしたところで過呼吸を起こした。意識が遠のいて、そこで記憶が途切れた。

気付けば病院にいた。しばらく入院となった。心療内科の治療も受けた。

そして退院の日。病院を出たわたしは一人、[redacted]ちゃんが好きだったプラネタリウムを訪れた。街の中心地にある、科学館併設のプラネタリウム。

満員の客席で、[redacted]ちゃんも目にしたはずの星空を見上げる。

実感していた。

『お願い』があっても——どうにもできない。

わたし一人で考えていても、どれだけ『お願い』で[redacted]ちゃんの両親に後悔させても、問題は解決しない。

そのとき——わたしの胸に意志が宿った。

それまでのんびり生きてきたわたしが、初めて心から強く願った。

——ゼロにする。

この世の地獄を、完全に消し去ってやる。

[redacted]ちゃんが味わった苦痛を無駄になんてしない。すべてを変えてやる。

そのためなら何だってする。わたしが壊れたって、どれだけ『お願い』を使ったって構わない。ルールなんていくらでも歪《ゆが》めてやる。

組織を大きくしよう。今のままで何もできないなら専門家を引き入れればいい。人が増えればできることも増えていく。判断だって精度が上がっていく。

今この瞬間から――わたしは変わった。目的のためならどんな手段だって厭《いと》わない。

わたしが、世界を変える――。


――意識を現在に戻す。坂の途中の深春くんの家。小さくてかわいい彼の部屋。

あのときとよく似た星空が、目の前に広がっている。

深春くんのくれた光景。彼の作ってくれたこの宇宙――。

本当に、あのときの景色そっくりだ。[redacted]のプラネタリウムで見た星空と。

だから――わたしはもう一度、胸に宿る気持ちを確認する。

あの日芽生えた願い、わたしの心臓に灯《とも》った使命――。

――脈打っていた。

その気持ちは今もわたしの中で強く脈打ち、眩《まばゆ》い光を放っていた。

わたしは今も、あの日歩き始めた道の上に、自分の意思で立っている――。

＊

——帰り道。日和は、妙に穏やかだった。

プラネタリウムを見てから、ずっとそうなのだ。

落ち着いていて、言葉少なくて、なぜだかちょっと……大人《おとな》びていて。

……なぜだろう。変に胸騒ぎがしていた。

日和に置いていかれたような、彼女が遠くに行ってしまったような……そんな心許《こころもと》なさ。

ただの勘違いかもしれない。

ただ日和はプラネタリウムに感動してくれただけで。そして、今日の出来事を噛《か》みしめて、反芻《はんすう》しているだけで、別に何か心境に変化があったわけではないのかも……。

彼女をフェリー乗り場まで送りながら辺りを見回す。以前に比べると静かになったものの、それでも人々が行き交う尾道《おのみち》の町。

土砂崩れの現場は以前のまま茶色い山肌を覗《のぞ》かせているけれど——少し視線をずらせば、そこには百年以上前とあまり変わらないノスタルジックな街並みがある。

空は薄い青と橙色《だいだいいろ》の不思議なグラデーションで、瀬戸内《せとうち》はその色を反射して煌《きら》めいていて。

ああ——ずっとこんな風に。

日和と一緒に、この街にいられればいいのになんて、そんなことを思う。

「……今日は、ありがとう」

ふいに、日和がつぶやくように言う。

「本当に、とっても楽しいクリスマスだったよ。すごくうれしかった」

「なら、よかったよ」

ドキリとしながらも、俺はなんとか平静を装《よそお》って返事した。

「俺もすごく楽しかった。日和が一緒にいてくれたお陰だ、ありがとう」

「……どういたしまして」

小さく笑って、うなずく日和。

そして――


「――ごめんね」


――ふいに、彼女は足を止める。

そして、真《ま》っ直《す》ぐこちらを向き――、

「わたしは――〈天命評議会〉に戻ります」

「また、『お願い』の力を世界に使おうと思います──」

──一瞬の間を置いて。

俺の身体《からだ》から──力が抜けていく。

俺と彼女の間に下りる、完全な無音。

風の音もフェリーのエンジン音も、波の音だって聞こえない。

──理解できなかった。

俺は、彼女の言うことを、一ミリだって理解できなかった、
心が、彼女の言葉を拒否している。その主張を飲み込むまいとしている。

「……ごめんね」

動けない俺に、もう一度日和はそう言う。

けれどそれは詫びているというよりも──放課後の別れ際の挨拶《あいさつ》みたいな、どこか清々しささえ含んだ口調だった。

じわじわと、その成分は俺に浸透していく。突きつけられた事実を、脳が否応なし咀嚼《そしゃく》していく。

そして、無限にも思える沈黙のあと、

「……なんで、だよ」

尋ねる声は、酷く震えていた。

「なんで、今――そんな風に思うんだよ。なんで、そんな……」

――彼女と楽しい時間を過ごしたいと思っていた。

実際、プラネタリウムで楽しませることができたと思っていた。

俺の気持ちは、伝わったんだと思った。

なのに……なぜ。なんで、こんな悪い夢みたいなことに……。

「……怒らせたなら、謝るよ！」

言いながら、我ながら女々しいなと思う。

けれど――止められない。すがりつくようにして彼女に尋ねることしかできない――。

「何か、俺のせいで気持ちが変わったのか？　だったら……もう一度、考え直してくれよ！

俺も、ちゃんと反省するから……！」

――〈天命評議会〉に戻る。一番恐れていたことだった。

ここしばらくで、日和と俺の気持ちは近付いた気がしていたのだ。

彼女が評議会にいた頃は、すれ違ってばかりだった俺達。それが、彼女が普通の女子高生になって、当たり前のカップルになれて。気持ちの壁を、破ることができた――。

なのに――また。

俺達の距離が、遥《はる》か彼方《かなた》に遠ざかる──。

どうしても避けたかった。なんとしても、彼女を引き留めたかった。

けれど──、

「……ううん、深春くんのせいじゃないの」

日和は、穏やかに言って首を振る。

「わたしが、わたしの意思を思い出しただけ。ごめんね、わがままで……」

「……意思？」

「うん」

茶色い髪を夕日に透けさせながら。

その橙に溶けてしまいそうな笑みで、日和はうなずく。

「深春くん、怒ってくれてたよね。責任を背負わされてるって」

「……うん」

今でもその怒りは俺の中から消えていない。日和はそこから、解放されるべきだと思う。

なのに──、

「それはね──違うの。わたしが、そうすると決めたの」

──日和は言って、眉を寄せる。

「わたしが、自分の意思でそれを背負ったんだ──」

──わからなかった。彼女の気持ちが理解できなかった。

そこまでしてなぜ背負うのか。なぜ自ら傷付きにいくのか。何が彼女を動かしているのか。

そして──俺のことを、どう思っているのか。

そんなことすら、今の俺にはわからない──。

「でも……どうやって戻るんだよ！」

もう、どういう風に引き留めればいいのかわからなくて。俺は、彼女にそんな下らないことを尋ねてしまう。

「連絡とか取ってないんだろ！　だったら、戻りようがないだろ！」

「……確かに、連絡は取ってないけど」

どう答えるか悩むように、視線を落とす日和。

そして彼女は、ふいに通りの向こうに視線をやると──、

「──ねえ、みんな」

古い友達に向けるような声で、そんな風に呼びかける。

「もう隠れなくていいよ」

──次の瞬間。

「……ッ！」

──何人かの、大人が現れた。

塀の陰や路地の向こう、木々の裏側から。

その数ざっと――五、六名ほど。

それぞれ、地元の人のようにも見える彼らは……間違いない、評議会の人間だ。

さらに――、

「――やっほー、日和ちゃーん」

聞き覚えのある声を、俺は耳にする。

「久しぶりだねー、三週間くらい？　なんかもう、すごく懐《なつ》かしい気がするねー」

――歌うようなその口調。

――猫のように気まぐれな足取り。

――力を帯びた丸い目に、楽しげに弧《こ》を描いている口元。

「……牧尾《まきお》、さん……」

〈天命評議会〉における日和の元最側近。牧尾志保《しほ》さんが――そこにいた。

「……な、なんで……」

示し合わせたような状況に、もはや理解が追い付かない。日和はさっきまで評議会に戻るつもりはなかったはず。

なのに――、

「なんでこんなに……すぐそばに……」

「んー、そろそろかなーと思ってね」

ヒールをこつこつ鳴らしながら、牧尾さんがこちらに歩いてくる。

「日和ちゃんにはずっと監視役付けてたけど、ちょっと前からその数増やして、わたしもそばで待機してたんだよ」

「で、でも……！」

俺は、必死で食い下がる。

「日和は完全に評議会を辞めたのに……なんで、ずっと監視なんて……」

「……あー、頃橋《ころはし》くんも女心わかってないなあ。まるで評議会の誰かさんみたい」

俺の顔を覗き込み、にやにやと牧尾さんは笑う。

「そもそもさ……日和ちゃんがそのうち評議会戻るのなんて、わかりきったことだったんだよー」

「……どうして？」

「だって、本気で別れるなら――ブロックすべきなんだもん」

「……ブロック？」

思わぬ言い草に、オウム返ししてしまう。

牧尾さんは、どことなく楽しげにうなずき、

「うん。もしも恋人とマジでお別れするなら、ラインもインスタもツイッターも、全部ブロッ

クすべきなんだよー。日和ちゃんは、実際評議会にそうすることができた。わたしを監視するな、近づくな、わたしの存在を忘れろ。そういう『お願い』をすることができたはずだよねー？」

言いながら、牧尾さんは俺と日和の間に立ち、

「でも――そうしなかった」

推理を披露する探偵のように、人差し指を立てて言う。

「それどころか、脱退者のケアっていう理由で連絡を取ることまで許してたよねー。そんなのさ……より戻す気満々だったに決まってるじゃない。どこの誰がマジで別れる気の彼氏に『また連絡してね』なんて言うのさ」

ククク、と牧尾さんは笑う。

「未練たらたらじゃん。そんなん絶対二週間以内くらいに、また一発ヤって元サヤ収まるに決まってるよー」

「……志保ちゃん」

その物言いに――さすがに日和が、厳しい声を上げる。

「わたしはあのとき、本気で辞める気だったよ。そういう勘ぐりは止めて」

「……まあ、そうだね。日和ちゃんの視点からすればそうなのかもねー」

「あと、深春くんに意地悪しないで。志保ちゃん、お気に入りの男子にそういうことするの、

本当に悪い癖だよ」

「……ごめんごめん。でも頃橋くんかわいいからさー、ついついやっちゃうんだー」

牧尾さんはこちらを向くと、ごめんね、と手を合わせてみせる。

……お気に入り？　それが本心なのか冗談なのか何なのか、理解できない。

二人の話に、追い付くことができない……。

牧尾さんは、もう一度日和に向き直り、

「でもさ……やっぱり納得してないよ、頃橋くん」

彼女にそう言う。

「日和ちゃんが、どうして評議会に戻るのか。なんでそこまでする必要があるのか、飲み込めてないよ？」

それは——牧尾さんの言う通りだった。

俺は未《いま》だに、まったくわからない。日和が評議会に戻る理由を、そこまで活動にこだわる理由を、一ミリだって理解できていない——。

「いいの？　そのままで」

「……それは、わたしも考えてる」

うなずくと、日和は改めて俺の方を向き、

「深春くん……急で悪いけど、見せたいものがあるの。見ておいて欲しいものがあるの」

「……な、何だよ」

恐る恐る尋ねる俺に、日和は日の沈んだ東の空を見やり、

「……明日ちょっと、時間もらえるかな？」

そんな風に尋ねた――。

「ちょっとだけ、わたし達に付き合ってください――」

―エピローグ―
――東京

――翌日の早朝。

「……ここ……は……」

数時間かけ『ある場所』に連れてこられた俺は――日和《ひより》の隣でぼう然と辺りを見回した。

――明け始めたラベンダー色の空。

――立ち並ぶ、無機質で背の高いビル。

――舗装された大通り。

そして、目の前に横たわっている、風格ある煉瓦《れんが》造りの建物――。

「……東京《とうきょう》……」

初めて来るのに、見覚えのある景色。

――東京駅前だった。

映画や写真、ドラマで何度も見てきた風景。俺にとっての都会の、憧れの街の象徴。

俺はその中心に、日和とともに立っている――。

……なんとなく、予想はついていた。

ここに来た過程、かかった時間や移動手段で、東京に向かっているのは予想できていた。

今朝の未明、日和に言われた通り家を抜け出すと、迎えにきた評議会スタッフに車で支部に連れて行かれた。そこで日和と合流。さらに車に乗り――小さなヘリポートでヘリに乗り換え二時間ほど移動した。

殺風景で乗り心地の悪いヘリの中。

同乗していた日和、牧尾《まきお》さん、どちらもほとんど口を開かない。

ローターの音で会話できるような状況じゃなかったのもそうだし——空気が酷《ひど》く張り詰めていて。呼吸するのもはばかられて、俺は声一つ上げることができなかった。

そして、到着したビルの屋上でヘリから降り。さらに何度か車を乗り換え、到着したのがここだ——。

今の日本がよくわかる場所。世界の現状を正しく認識できる場所。

そして——今俺は。

かつての日本の中心に、佇《たたず》む俺は——、

「……」

完全に、言葉を失っていた。

——廃墟《はいきょ》に見えた。

ビルはあちこちのガラスが破られ、一部の建物は焼け落ち、辺りにはいくつか乗り捨てられた車も見える——。

さらに——誰もいない。街を行く人の影が、一つも見えない。

……もちろん、時刻は夜明け直後。午前七時前後。人がまだ本格的に動き出していない時間なのかもしれない。

けれど——それにしたって、この街に人っ子一人いないのは明らかに異常で。どう考えても、目の前の景色は酷く不自然で——、

「……最低で、八十万人くらいだって」

——日和は、ぽつりという。

「都民の新型ウイルス感染の犠牲者は、現状でそれくらい。正確な計測なんてもうできないんだけどね。抑え込むつもりだったけど、無理だった。さすがに一千万都市を制御するなんて無理だった。だから、これ以上この街を維持するのは不可能だと判断されて、疎開《そかい》の勧告が出たんだ。もう東京、誰もいないの——」

——八十万。一千万の人口を抱えていた東京で、十分の一近い人々がウイルスの犠牲になった。そして——この街は放棄された。

「……今世界、こんな感じなんだ」

日和はこちらを向いて。失敗失敗、みたいな顔でそう言う。

「もう、ぼろぼろなの。どこもかしこもこんな感じ。……ううん、東京は、まだマシな方かな……」

「……そう、なのか」

「尾道《おのみち》にいても、ちょっとそんな予感してたでしょう？」

……それは、彼女の言う通りだった。

例えば、物資がどんどん入ってこなくなることに。テレビ番組が放映されなくなることに。ネットの回線が繋《つな》がらなくなることに——俺は薄々感じ始めていた。

こんな風に平和なのは、尾道《おのみち》だけじゃないのか。その外では、別の街では大変なことが起きてるんじゃないか——。

「わたしは——自分にできることをしたいの」

日和は静かに。けれど、その声に強い意志を込めて言う。

「わたしには、『お願い』の力がある。世界には、それが必要な場面がある。だとしたら——わたしはそれを、使いたいと思うの。そうしようと、心に決めたの——」

——安堂《あんどう》さんの話を思い出す。

きっと、あの件が日和にそう思わせたんだ。

命を落とした一人の女の子。彼女が、日和に大きな決意をさせた。

「だから……ごめんね、わたしは〈天命評議会《てんめいひょうぎかい》〉に戻ります」

——もう、何も言えなかった。

世界の現状。日和にできること。

彼女が——したいと願っていること。

そこに俺は、意見を差し挟《はさ》むことができない。

彼氏なのに、彼女への気持ちはまったく消えていないのに——。

それでも俺は、目の前の景色に圧倒されている。

その景色をなんとかしようとしている——日和にも。

彼女は、大きく息を吸い込む。

そして、

「——ありがとう、今まで楽しかったよ」


寂しそうに笑って、俺にそう言った。

「深春《みはる》くんに好きと言ってもらえて、大切にしてもらえて、とてもうれしかった——」

はっきりとした口調で。真っ直《す》ぐに俺を見て。

彼女は——葉群《はむれ》日和は、言う。

「元気でね、深春くん」

日和ちゃんのお願いは絶対
When She Wish upon a Planet
Misaki Saginomiya presents
Illustration Inco Hariizumi
Design arcoinc
Editor Takao Kiyose / Ryota Osawa (from Dengeki-bunko)

＊

――車に乗り、ヘリに乗り、もう一度車に乗って尾道《おのみち》に戻ってきた。

いつもの坂道をふらふらと上り、家にたどり着き――、

「……あれ、お帰り深春」

そう声をかけてくる母親に、無言でうなずき返した。『友達と会ってくる』とだけ説明してあったから……まさか俺が東京に行ってきたなんて。そこで恋人と別れただなんて、思いもしないだろう。

部屋について、崩れ落ちるように畳に座り込む。そのまま身動きできなくて――一人、しばらく放心してしまう。

――俺に起きたこと。

――彼女に起きたこと。

――世界に起きたこと。

そのどれ一つたりとも、受け止めきれない。

今手元にあるすべてのものに、救いを見いだせない――。

けれど、

「……」
ふと思い出して、スマホを手に取った。
昨日、牧尾《まきお》さんが言っていたこと。もしもあれが本当なら、日和は——。
ラインのメッセージ画面を開く。続いて、友達一覧。タイムライン。
——消えていた。日和のアカウントが消えていた。
次にスマホの連絡帳。教わっていたアドレスにメールを送る。
『不明なメールアドレス』というエラーメッセージが返ってくる。
最後に——彼女の番号に。
携帯の番号に電話をかけると——、
「——おかけになった電話番号は、現在使われて——」
通話を切り、スマホをごとりと床に置いた。
はっきりと——理解した。
彼女に、ブロックされたということを。
連絡手段を、完全に失ったことを。
そして——、

本当に、俺と彼女の関係が終わったのだということを——。

あとがき

作家業をもう八年ほどやってきて、様々な作品を執筆しましたが、それでもこの『日和《ひより》ちゃんのお願いは絶対3』の執筆はちょっと特殊なものでした。

原稿のファイルを開くと、頭の中で自動で話が進んでしまう。登場人物たちが勝手に伏線を張り、どうなるのだろうと思っているうちに自然とそれが回収されていく。僕はと言えば、そうやって半自動的に起きていく出来事を記録していくので精一杯でした。結果、第一稿の完成までにかかった時間はこれまでで最短となり、自分で書いたとは思えないほど、出来もいいものになりました。

きっとこれは、キャラと読者の皆さんが導いてくれた結果なのだと思う。

本当にありがとうございます。不思議な感覚でしたし、ああ、この状況はきっと、僕の作家性が余すことなく発揮できているからこそなのだろうという強い実感がありました。

ただそう、多分そういう風に作品に没頭することの負荷が、思った以上に高かったのだと思います。僕のTwitterをフォローしてくれている方はご存じかもしれませんが、その執筆が終わってしばらくしたあたりで、二ヶ月ほどの活動休止期間をいただきました。

キャラや作品と同調しすぎたせいで、生活をする中で過剰にダメージを受けることが多くなってしまった。このままだとまずいことになりかねない、ということで予防的にお休みをさせていただいたんですね。

おかげで、ずいぶんと調子は取り戻せたように思います。ここからも慎重に活動していきたいとは考えていますが、一時期に比べればだいぶ感覚はフラットに戻ったのではないかな。

それから、そう。休止期間前に始めたサイン本キャンペーン。ご応募いただいた皆様、ありがとうございました。休止期間も含めて、ゆっくりになりましたが皆さんの本にサインさせていただきとても楽しかったです。確かに、サインをするというある種のアウトプット作業をひたすら繰り返したはずなのですが、感覚としては完全に『幸福なインプット作業』でした。

ファンレターを同封してくれた方もありがとう。ひとつひとつじっくり読ませていただきました。いただいたお言葉も本当に本当に、とてもうれしいものでした。

手紙をくれた方の中には、岬《みさき》作品の舞台になった場所にゆかりのある方がいたり、「あれ、あなた企画の打ち合わせ参加してた⁉」ってレベルで作品を理解して下さってる方がいたり、オリジナルのイラストを描いて下さる人がいたり、岬がTwitterで上げた画像内で着ている服のブランドを当ててくれている人がいたり……（おめかししていた日だったので嬉《うれ》しい）。思い出すだけでとても幸福な気分になれます。本当にありがとう。

そんな皆さんに恩返しするため精一杯頑張りたいと、改めて思いました。

これからも全力で執筆するので、どうぞよろしくお願いいたします。

岬　鷺宮《さぎのみや》

◉岬 鷺宮著作リスト

「失恋探偵ももせ1～3」（電撃文庫）
「大正空想魔術夜話 墜落乙女ジェノサキド」（同）
「魔導書作家になろう！1～3」（同）
「読者《ぼく》と主人公と二人《かのじょ》のこれから」（同）
「陰キャになりたい陽乃森さん Step1～2」（同）
「三角の距離は限りないゼロ1～6」（同）
「日和ちゃんのお願いは絶対1～3」（同）
「空の青さを知る人よ Alternative Melodies」（同）
「失恋探偵の調査ノート～放課後の探偵と迷える見習い助手～」（メディアワークス文庫）
「放送中です！にしおぎ街角ラジオ」（同）
「踊り場姫コンチェルト」（同）
「僕らが明日に踏み出す方法」（同）

本書に対するご意見、ご感想をお寄せください。

ファンレターあて先
〒102-8177　東京都千代田区富士見2-13-3
電撃文庫編集部
「岬 鷺宮先生」係
「堀泉インコ先生」係

本書は書き下ろしです。

電撃文庫

日和《ひより》ちゃんのお願《ねが》いは絶対《ぜったい》3

岬《みさき》 鷺宮《さぎのみや》

2021年7月10日　初版発行

発行者　青柳昌行
発行　株式会社KADOKAWA
〒102-8177　東京都千代田区富士見2-13-3
0570-002-301（ナビダイヤル）
装丁者　荻窪裕司（META＋MANIERA）
印刷　株式会社暁印刷
製本　株式会社暁印刷

●お問い合わせ
https://www.kadokawa.co.jp/（「お問い合わせ」へお進みください）
※内容によっては、お答えできない場合があります。
※サポートは日本国内のみとさせていただきます。
※ Japanese text only

※定価はカバーに表示してあります。

ISBN978-4-04-913585-5　C0193　Printed in Japan

電撃文庫　https://dengekibunko.jp/

電撃文庫創刊に際して

文庫は、我が国にとどまらず、世界の書籍の流れのなかで〝小さな巨人〟としての地位を築いてきた。古今東西の名著を、廉価で手に入りやすい形で提供してきたからこそ、人は文庫を自分の師として、また青春の想い出として、語りついできたのである。

その源を、文化的にはドイツのレクラム文庫に求めるにせよ、規模の上でイギリスのペンギンブックスに求めるにせよ、いま文庫は知識人の層の多様化に従って、ますますその意義を大きくしていると言ってよい。

文庫出版の意味するものは、激動の現代のみならず将来にわたって、大きくなることはあっても、小さくなることはないだろう。

「電撃文庫」は、そのように多様化した対象に応え、歴史に耐えうる作品を収録するのはもちろん、新しい世紀を迎えるにあたって、既成の枠をこえる新鮮で強烈なアイ・オープナーたりたい。

その特異さ故に、この存在は、かつて文庫がはじめて出版世界に登場したときと、同じ戸惑いを読書人に与えるかもしれない。

しかし、〈Changing Times,Changing Publishing〉時代は変わって、出版も変わる。時を重ねるなかで、精神の糧として、心の一隅を占めるものとして、次なる文化の担い手の若者たちに確かな評価を得られると信じて、ここに「電撃文庫」を出版する。

1993年6月10日
角川歴彦

電撃文庫DIGEST　7月の新刊

発売日2021年7月9日

新・魔法科高校の劣等生
キグナスの乙女たち②

【著】佐島 勤　【イラスト】石田可奈

高校生活を楽しむアリサと茉莉花。アリサと同じクラスになりたい茉莉花は、クラス振り分けテストに向け、魔法の特訓を始める。アリサもクラウド・ボール部の活動に熱中するが、三高と対抗戦が行われることになり!?

俺を好きなのはお前だけかよ⑯

【著】駱駝　【イラスト】ブリキ

姿を消したパンジーを探すという、難問に立ち向かうことになったジョーロ。パンジーを探す中、絆を断ち切った少女たちとの様々な想いがジョーロを巡り、葛藤させる。ジョーロに待ち受ける真実と想いとは——。

声優ラジオのウラオモテ
#05 夕陽とやすみは大人になれない？

【著】二月 公　【イラスト】さばみぞれ

2人が闘志に燃えて臨んだ収録現場は、カツカツ予定に土壇場の台本変更——この現場、ヤバすぎ？　お仕事だからって割り切れない2人の、青春声優ストーリー第5弾！

ドラキュラやきん!3

【著】和ヶ原聡司　【イラスト】有坂あこ

コンビニ夜勤に勤しむ吸血鬼・虎木に舞い込んだ未晴からの依頼。それは縁談破棄のため京都の比企本家で未晴の恋人のフリをすることで!?　流され気味の虎木に悶々とするアイリスは決意する——そうだ、京都行こう。

日和ちゃんのお願いは絶対3

【著】岬 鷺宮　【イラスト】堀泉インコ

どんな「お願い」でも叶えられる葉群日和。そんな彼女の力でも、守り切れないものはある——こわれていく世界で、彼は見なくてすんでいたものをついに目の当たりにする。そして彼女が彼に告げる、最後の告白は——。

オーバーライト3
ロンドン・インベイジョン

【著】池田明季哉　【イラスト】みれあ

ロンドンからやってきたグラフィティライター・シュガー。ブリストルのグラフィティ文化を「停滞」と評し上書きを宣言！しかも、ブーディシアと過去何かあった模様で……街とヨシとの関係に変化の嵐が吹きおこる。

ギルドの受付嬢ですが、残業は嫌なのでボスをソロ討伐しようと思います2

【著】香坂マト　【イラスト】がおう

憧れの“百年祭”を満喫するため、祭り当日の残業回避を誓う受付嬢アリナ。しかし何者かが流した「神域スキルを得られる」というデマのせいで冒険者が受付に殺到し——!?　発売即重版の大人気異世界ファンタジー！

ウザ絡みギャルの居候が俺の部屋から出ていかない。②

【著】真代屋秀晃　【イラスト】咲良ゆき

夏休みがやってきた！　……だが俺に安寧はない。怠惰に過ごすはずが、バイトやデートと怒涛の日々。初恋の人“まゆ姉”も現れ決断の時が訪れる——。ギャル系従妹のウザ絡みが止まらない系ラブコメ第2弾。

新作
使える魔法は一つしかないけれど、これでクール可愛いダークエルフとイチャイチャできるならどう考えても勝ち組だと思う

【著】鎌池和馬　【イラスト】真早

「ダークエルフと結婚？　無理でしょ」僕の夢はいつも馬鹿にされる。でも樹海にいるじゃん水浴びダークエルフ！　輝く銀髪小麦色ボディ弓に長い耳ぴこぴこ、もう言うぞ好きだ君と結婚したい！　……だったのだが。

新作
嘘と詐欺《ペテン》と異能学園

【著】野宮 有　【イラスト】kakao

エリート超能力者が集う養成学校。そこでは全てが勝負の結果で判断される。ある目的から無能力ながらも入学した少年ジンは、実は最強の詐欺師で——。詐欺と策略で成り上がる究極の騙し合いエンターテイメント。

第27回電撃小説大賞
大賞
受賞作
孤独な天才捜査官。
初めての「壊れない」相棒は
ロボットだった——。
菊石まれほ
［イラスト］野崎つばた
ユア・フォルマ
紳士系機械 × 機械系少女が贈る、
ＳＦクライムドラマが開幕！
相性最凶で最強の凸凹バディが挑むのは、
世界を襲う、謎の電子犯罪事件!!
最新情報は作品特設サイトをCHECK!!
https://dengekibunko.jp/special/yourforma/
電撃文庫

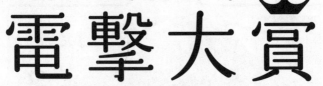